PÖLTER, PLÖRRE UND PINÖCKEL

2

W0344851

MATTHIAS E. BORNER

PÖLTER, PLÖRRE UND PINÖCKEL 2

Herausgeber:	Matthias E. Borner, Gütersloh © Verlagsunion Vox Rindvieh, Gütersloh, zweite Auflage 2010 *ISBN 10:* 3-00-018120-2 *ISBN 13:* 978-3-00-018120-7
Layout, Satz, Cartoons, Covergestaltung:	Jo Pelle Küker-Bünermann, Gütersloh
Druck und Bindung:	Druckerei zum Stickling, Avenwedde
Logistik:	Runge Verlagsauslieferung, Steinhagen
Website:	www.guetersloherisch.de
E-Mail:	webmaster@guetersloherisch.de

Alle Rechte vorbehalten.

Liebe Neubürger!

Haben Sie manchmal das Gefühl, alle Bürger des Kreises Gütersloh seien stur, wortkarg und Fremden gegenüber reserviert? Dann habe ich eine gute und eine schlechte Nachricht für Sie.

Die gute: Es gibt mehrere Strategien, wie Sie die Einheimischen aus der Reserve locken und selbst den redescheusten Muffelkopp zu einer Unterhaltung animieren können.

Die schlechte: Keine funktioniert.

Inhalt

Käar, du ahnzes nich!

Der Kreis Gütersloh ist ein Schmelztiegel der Kulturen. Seit Generationen, genauer: seit der Gebietsreform 1973, leben hier mondäne Medienmanager und rustikale Runkelrübenbauern, erstklassige Fleischereimeister und viertklassige Fußballer, fleißige Kornbrenner und ebenso fleißige Korntrinker harmonisch zusammen.

Ihren charakterlichen Eigenschaften nach lassen sich die Bewohner des Kreises Gütersloh zwei verschiedenen Gruppen zuordnen, die unterschiedlicher nicht sein könnten: auf der einen Seite der vornehmlich ruhige, in sich gekehrte und mundfaule Bewohner des Nordkreises, auf der anderen Seite der doch eher stille, introvertierte und wortkarge Bürger des Südkreises.

Die Verbundenheit mit dem Kreis und vor allem mit der Kreisstadt Gütersloh ist in den beiden Bevölkerungsteilen unterschiedlich stark ausgeprägt. So fahren im Gütersloher Nordkreis viele Menschen wegen der geografischen Lage zum Einkaufen lieber ins benachbarte Bielefeld. Ganz anders im Südkreis: Hier fahren die Menschen *trotz* der geografischen Lage zum Einkaufen lieber nach Bielefeld.

Im Schatten der Sparrenburg und des Telekom-Hochhauses treffen sie dann alle zusammen: In Bielefeld, der freundlichen Volkshochschulstadt am Teutoburger Wald, begegnet man Ravens-, Riet- und Langenbergern, Ebbes-, Asche- und Peckelohern, Ams-, Theen- und Borgholzhausenern, Baten-, Bock- und Isselhorstern, Herze- und Stukenbrockern,

Kölke- und Künsebeckern, Brock- und Steinhagenern, Verl-Born- und Schloß Holtern sowie dem Landfrauenverein Druffel.

Doch anders als in Babylon kommt es in Bielefeld bei einem solchen Menschenauflauf keineswegs zu einer Sprachverwirrung. Denn alle Einwohner des Kreises Gütersloh sprechen dieselbe Muttersprache: entweder Aramäisch oder aber – und darum soll es speziell in diesem Büchlein gehen – Gütersloherisch. Sogar die Bielefelder sprechen Gütersloherisch! Allerdings nennen die Bielefelder das Gütersloherische anders, nämlich Bielefelderisch. Prinzipiell ist es aber derselbe Regiolekt, und auch wenn bisweilen ein Vokal vertauscht oder ein Konsonant weggelassen wird, ähneln sich beide Wortschätze sehr.

Wie auch schon im ersten Band von »Pölter, Plörre und Pinöckel« sollen Ihnen die nachfolgenden 45 Lektionen kein Plattdeutsch vermitteln. Vielmehr geht es darum, Ihnen solche Wörter und Wendungen vorzustellen, die es nicht in »offizielle« Wörterbücher wie den Duden geschafft haben, die die Einheimischen des Kreises aber trotzdem in ihrer Umgangssprache fleißig verwenden.

Da Sie als Neubürger des Kreises nicht nur an der Sprache interessiert sein dürften, sondern auch wissen möchten, in welch eine Region Sie es da um Gottes willen verschlagen hat, porträtieren wir nachfolgend das Verbreitungsgebiet der hier vorgestellten Vokabeln.

So wenig hässlich ist der Kreis Gütersloh!

Der Kreis Gütersloh

Urlaub im Kreis Gütersloh zu machen wird immer beliebter! Kein Wunder, unbeliebter kann es schließlich kaum werden. Erstaunlich: Die ortsansässigen Konzerne (Bertelsmann, Miele, Gerry Weber, Claas) haben es trotz der zahlreichen Sehenswürdigkeiten im Kreisgebiet (Bertelsmann-Hochregallager, Miele-Wasserturm, Gerry-Weber-Stadion, Claas-Mähdrescherserienfertigungsanlage, um nur die Highlights zu nennen) recht schwer, Fachkräfte nach Südwestostwestfalen zu locken. »*Wo* soll ich hinziehen? In den Kreis Gütersloh?«, kriegen die Personalchefs auf ihre Stellenangebote bisweilen zu hören, »nee, danke ... Bevor ich in den Osten zieh, bleib ich lieber arbeitslos in Schweinfurt.«

Die Stadt Gütersloh

Über Gütersloh, von den Bewohnern »Gütsel« oder »G-Town« genannt (jenachdem, ob der Betreffende an der Ems oder an der Themse aufgewachsen ist), existiert manch böses Vorurteil – meist bei Leuten, die noch nie dort waren. Eines lautet, in der Gütersloher Innenstadt stünden nur pottenhässliche und verösselte Betonbauten. Eine solche Behauptung erzürnt die Gütersloher zu Recht, weil sie ganz einfach nicht stimmt – sind in der Gütersloher City doch mindestens ebenso viele pottenhässliche und verösselte Klinkerbauten zu bestaunen. Den Vorwurf »Gütersloh und Städteplanung: sehr viel Mut und keine Ahnung« entkräftet der Giebelspruch eines Fachwerkhauses am Alten Kirchplatz: »Gütersloh ist nicht so schön / Darauf kommts auch nicht an / Hauptsache ist, am Ersten kommt / das Geld von Bertelsmann!«
Übrigens: In Wirklichkeit ist Gütersloh wirklich schön – wirklich!

Borgholzhausen

Um das Jahr 1100 hatte der Graf von Ravensberg, Hermann II. von Calvelage, eine prima Idee: die Errichtung eines Eventcenters mit einem Gastronomiebetrieb, in dem sich Wanderer des Hermannswegs erfrischen können, gekoppelt mit einem Zentrum der Heimatbildung für die Bürger des Ravensberger Landes! Sein zukunftsgerichtetes Bauvorhaben setzte der Edelherr auf dem Kamm des Teutoburger Waldes bei Borgholzhausen um. Die Idee war gut, doch die Welt bzw. der Nordkreis noch nicht bereit. Das gräfliche Projekt wurde von der einheimischen Bevölkerung anfänglich regelrecht geschnitten; in den ersten neun Jahrhunderten fanden wanderwütige und heimatbildungshungrige Ostwestfalen nur höchst selten den Weg auf die »Ravensburg«.

Erst im 21. Jahrhundert entwickelte sich die Anlage endlich zu *dem* Ausflugsziel für die Bürger im Kreis Gütersloh, von dem Hermann II. so geträumt hatte. Manchmal muss man eben einen längeren Atem aufbringen, um mit einem Plan erfolgreich zu sein. Ein ermutigendes Signal für alle Kommunen, die ein defizitäres Spaßbad betreiben – 3006 ist die Schwimmhalle vielleicht *der* Renner als Rasthof oder Familienbildungsstätte!

Halle

Der ähnliche Klang sorgt für Irritationen: Einige Menschen verwechseln »Halle in Westfalen« mit »Halle an der Saale«, in schlimmeren Fällen auch »Halle/Westfalen« mit der »Westfalenhalle«. Ersteres ist verständlich, denn beide Halles sind Sitz eines führenden Süßwarenherstellers (hier Storck, dort Halloren). Letzteres verwundert, weil doch Halle/Westfalen und die Westfalenhalle unterschiedlich groß sind: In die Westfalenhallen passen viel mehr Menschen rein! Eine beliebte Frage bei Neubürgern ist, wie die Einwohner Halles denn nun korrekterweise genannt werden: Haller oder

Hallenser. Aber fragen Sie bloß keinen Haller – der will Sie mit seiner Antwort »Hallunken« doch bloß vergackeiern.

Harsewinkel

Das Stadtgebiet Harsewinkels ist quasi identisch mit dem Firmengelände von Claas. In anderen Städten mögen Dome und Paläste stehen, aber nur in Harsewinkel befindet sich das Domizil des Weltmarktführers im Bereich selbstfahrender Feldhäcksler. Weil in der Emsstadt jeder jeden und damit auch jeder jemanden bei Claas kennt, kommen Sie auch als frisch Zugezogener leicht zu den günstigen Mitarbeiterpreisen an die begehrten Landmaschinen. Überraschen Sie doch mal Ihren Partner zu Weihnachten mit einem neuen Mähdrescher oder einem schmucken Teleskoplader! Sie müssen ja nicht verraten, dass Sie Rabatt bekommen haben …

Herzebrock-Clarholz

Über den Daumen gerechnet kommen in der Großgemeinde auf jeden Einwohner ein Kloster, eine Abtei, zwei Pfarrkirchen sowie eine Industriehalle von Bertelsmann. Mit seinen Klosteranlagen und Parks ist Herzebrock-Clarholz eine Oase der Ruhe und Beschaulichkeit. Vorausgesetzt natürlich, man denkt sich die B 64, den Durchgangsverkehr und die LKW-Kolonnen weg.

Langenberg

Wenn Sie die schöne Gemeinde Langenberg besuchen wollen, sollten Sie in jedem Fall bereits nach dem ersten Hinweisschild abbremsen. Zum einen, weil die Haupteinnahmequelle Langenbergs die Starenkästen entlang der B 55 sind. Vor allem aber, weil Sie bei Tempo 80 den Ort innerhalb von zwei Sekunden durchqueren, ohne es zu merken – Langenberg ist mit gerade einmal 8.000 Einwohnern die kleinste Gemeinde des Kreises. Der Ort ist so klein, dass Sie dort kein

Haus kaufen können, wenn Sie das Kleingeld nicht passend haben. Dass die Straßenbeleuchtung dunkler wird, wenn sich jemand rasiert, ist aber definitiv nur ein Gerücht.

Rheda-Wiedenbrück

Die sympathische Doppelstadt an der Ems hat sich den Titel für das »kreisweit hässlichste Rathaus« redlich verdient – trotz starker Konkurrenz aus Gütersloh. Für sich allein stehend tun sich die beiden Betonbunker in Rheda und Gütersloh nicht viel. Doch während in Gütersloh der Verwaltungssitz dank der Sparkasse und vieler weiterer benachbarter Bausünden nicht sofort als besonders scheußlich auffällt, musste man seinerzeit in Rheda-Wiedenbrück gegen Fachwerkhäuser, die Emsauen und ein Wasserschloss anbauen. Wie schmerzbefreit die Stadtväter von Rheda-Wiedenbrück einen auch beim hundertsten Anblick überraschend geschmacklosen Funktionsbau in ihre Innenstadt gepfropft haben, ist schon aller Ehren wert.

Rietberg

»Wie steigert man schwarz?«, lautet eine alte westfälische Scherzfrage. Die Antwort heißt natürlich nicht »schwarz – schwärzer – am schwärzesten«, sondern »schwarz – Münster – Paderborn«. Was aber nur die halbe Wahrheit ist. Eigentlich müsste man hinter das »Paderborn« noch ein »Rietberg« setzen. Denn bei Wahlen erzielt die CDU dort Ergebnisse, die sogar der SED peinlich gewesen wären. Es heißt, der Südkreis sei derart schwarz, dass ein Rietberger Schornsteinfeger selbst noch nachts im Kohlenkeller einen Schatten werfe.

Schloß Holte-Stukenbrock

Als Tor zur Senne ist Schloß Holte-Stukenbrock besonders beliebt bei allen Naturfreunden und Wanderern. Leider gibt es noch immer eine kleine Rivalität zwischen den beiden

Ortsteilen. »Wenn ich könnte, wie ich wollte, lief ich täglich nach Schloß Holte«, lautet ein Loblied der Schloß Holter Wandervögel auf ihren Heimatort. Weniger löblich ist hingegen der zweite Teil des Werks: »Doch Wanderer, krieg' keinen Schock: Zuvor musst du durch Stukenbrock …!« Die selbstbewusste Antwort der Stukenbrocker: »Der Weg nach Stukenbrock sich lohnt / für den, der in Schloß Holte wohnt.«

Steinhagen

»Was am Rhein der Wein, in München das Bier, ist der Steinhäger hier«, heißt es auf den mit Wacholder-Branntwein gefüllten (und meist butz geleerten) Steingutflaschen aus dem Schnapsdorf Steinhagen. Mehr dazu in den *Lektionen 44* und *59*.

Verl

Die Bevölkerung der Stadt Verl ist zweigeteilt. Die eine Hälfte wechselt wöchentlich: In regelmäßigen Abständen besteht sie aus etwa zehntausend Cowboys, Kaninchenzüchtern, Blechspielzeugsammlern oder Straßenkreuzerbesitzern – eben je nachdem, welche Veranstaltung gerade in der Eierhalle stattfindet (der offizielle Name der Mehrzweckscheune Ostwestfalenhalle Kaunitz ist nur schriftlich überliefert, ausgesprochen hat den im Kreis Gütersloh noch niemand). Die andere Hälfte der Verler Bevölkerung besteht ganzjährig aus Schützen.

Versmold

Falls es Sie nach Versmold zieht, sollten Sie sicherstellen, dass Sie keine Kuh, kein Schwein und kein Vegetarier sind. Diese Spezies werden nämlich in Versmold erfahrungsgemäß nicht glücklich. Was daran liegt, dass der Ort »die Wurstküche Westfalens« oder auch »der Fettfleck der Republik« genannt wird. Die mutigen Versmolder sorgen dafür, dass die Rinderpopulation, der es in der ostwestfälischen Wildbahn an natürlichen Feinden mangelt, nicht überhand nimmt, so dass die Hornträger heute kaum noch eine Bedrohung für den Menschen darstellen. Auf der Suche nach Arbeit werden Sie deshalb in Versmold (alternativ auch in Rheda-Wiedenbrück) schnell fündig. Die ortsansässigen Schlachthöfe und Wurstwarenhersteller suchen eigentlich ständig qualifizierte Fleischer, Dolmetscher (Rumänisch, Ukrainisch) und Etikettierer.

Werther

Die Böckstiegelstadt ist zweifellos der berühmteste Ort im Kreis. Der Zahnkiller »Werther's Echte« bzw. »Werther's Original«, Goethes Stadtchronik »Die Leiden der jungen Werther«, die sportlichen Erfolge des SV Werther Bremen und der in vielen Preisausschreiben aufgeführte Satz »Der Werther Hauptgewinne beträgt 10 000 Euro« haben der Stadt zu ungeahnter Popularität verholfen und das Niveau dieses Buches angesichts solch billiger Wortspiele schon zum frühstmöglichen Zeitpunkt, nämlich im Vorwort, auf ein Minimum absinken lassen.

Das hat aber auch ein Gutes: Ab jetzt kann's nur noch besser werden. Ich wünsche Ihnen bei der Lektüre beider Bände viel Vergnügen!

Matthias E. Borner

Hermann im Hühnermoor. Neue Beweise zum tatsächlichen Ort der Varusschlacht – Marienfelder Fremdenverkehrsverein (Hrsgb.)

Eine Trasse für sich. 100 Jahre Autobahnplanung in Halle – IHK Bielefeld

Fleisch ist mein Gemüse. Das Versmolder Kochbuch mit 55 garantiert vitaminfreien Rezepten – Eigenverlag der Metzgerinnung OWL, Bockhorst

Der Häcksler im Roggen. Die Claas-Story: vom ersten Strohbinder zur Rehrückenerntemaschine BAMBI 3000 – Claasnost-Verlag, Harsewinkel

Nach drei, vier Litern Alkohol fühlst Du Dich in Mastholte wohl. Ein Intergrationsratgeber für Neubürger – Samtgemeinde Westerwiehe (Hrsgb.) in Zusammenarbeit mit der Schützengilde Emshusaren von 1871

1000 ganz illegale Steuertricks – in: FCG live. Stadionzeitung des FC Gütersloh v. 1978 e.V., Ausgabe Dezember 1999 – vergriffen

Christie, Agatha – Murder on the Mühlenstroth Express – Wallingford, 1936 Melanchthon,

Horst-Kevin – Der Reformator aus Jöllenbeck. 95 Theesen zur Entstehung des Lutterwegs – Missionsverlag, Bielefeld-Gadderbaum

Messner, Reinhold – Wettlauf zum Gipfel. Die Erstbesteigung des Luisenturms – Solbad-Verlag, Borgholzhausen

Nehberg, Rüdiger – Abenteuer Überleben: die Gütersloher Innenstadt. 30 Tage in der größten Wüste der Welt – Survival Verlag, Bielefeld

Lektion 56

sich beömmeln

Bedeutung: *etwas lustig finden, sich über etwas amüsieren*

Anwendungsbeispiel: »Der Kuart waa ja nachem Schützenfest dearmaaßen dudeldicke, der hat ja im Fahrstuhl seine Schuhe ausgezogen und vore Tüar gestellt, weila dachte, er wäar innem Hotelzimmer! Was ham wir uns da beömmelt!«

Teilnehmer unseres Sprachkurses, die bereits das erste Lehrbuch aus dieser Reihe durchgearbeitet hatten, schrieben dem Verlag, wie sehr sie sich beim Lesen der Lektionen amüsiert hätten. Auch wenn solche Aussagen als Kompliment gemeint sind, müssen wir dafür einen Rüffel erteilen und sogleich klarstellen:

1. Sie sollen sich beim Lesen nicht amüsieren, sondern etwas lernen – schließlich machen wir das hier nicht zum Spaß, sondern um die Integration zugereister Neubürger zu fördern, und das ist eine sehr ernste Angelegenheit, bei der jedwede Art von Amüsement gänzlich unangebracht ist.
2. Wenn denn trotzdem die Lektüre einmal unbeabsichtigterweise Anlass zur Erheiterung geben sollte, dann *beömmeln* Sie sich doch bitte. Das ist nämlich echt Gütersloherisch und damit durchaus erlaubt, ja sogar ausdrücklich erwünscht!

Zur Sache: Der Gebrauch des Wortes »beömmeln« ist seit ca. 1900 nachgewiesen, und zwar als regionale

Abwandlung von »sich beeumeln«. Eumeln wiederum hat die Bedeutung von tanzen, spielen, ausgelassen sein, Dinge tun, die nicht zum Dienstbetrieb gehören. Entsprechend ist der Eumel eine Person, die sich leicht ablenken lässt, ein durchaus
liebenswürdiger Mitmensch, der aber für die harten Alltagsaufgaben nicht taugt (man könnte auch sagen: ein netter Volltrottel). Ein Eumel eumelt oft herum, d.h. er ist schlaksig, ungelenk und bewegt sich tollpatschig. Und er beeumelt sich, d.h. er benimmt sich, wie sich Eumel eben benehmen, und zeigt damit seine Verwandtschaft zum Kasper und zum Hanswurst: Er flachst, albert herum und findet alles (seine eigenen Scherze nicht ausgenommen) zum Brüllen komisch.

Die heutige Bedeutungspalette von »beömmeln« ist breit und sehr subjektiv. Der eine versteht unter dem Begriff eher das stillvergnügte In-sich-hinein-Gnickern, der andere verbindet es mit lautem Losprusten. Vom Schmunzeln über das Kichern bis zum Sich-kringelig-Lachen umfasst das Beömmeln also sämtliche Stadien der Heiterkeit.
Wir hoffen, dass Sie auch bei der Lektüre dieses Buches möglichst oft Anlass finden, dieses neu gelernte Wort zu verwenden, und wünschen Ihnen in diesem Sinne nicht nur frohes, sondern auch fröhliches Schaffen!

Lektion 57

lernen und ablernen

Bedeutung: *beibringen, vermitteln, unterrichten bzw. abgewöhnen, abtrainieren, austreiben*

Anwendungsbeispiel: Sternstunden Peckeloher Pädagogik: »Hat euch eigentlich inna Schule niemand gutes Benehm' geläant? Manchma glaub ich, ihr habt eure Ohrn nich zum Höarn, sondern nuar, damit ich se euch langziehn kann – ich habb euch hunnatmal gesacht, ihr sollt nacha Schule, wenn unser Omma ihr Mittachsschläfken macht, nich sso duarchen Fluar poltern und rumkrakeeln! Abba wartet nur, das läarn ich euch schon noch ab!«

Wir gehen davon aus, dass Sie die einzelnen Lektionen dieses Bändchens mehrfach durcharbeiten, um den bisher referierten Prüfungsstoff zu repetieren (wir könnten auch sagen: »um die Wöata nomma duarchzukuckn«, aber so klingt es wissenschaftlicher). Denn Vokabeln zu lernen, ist *eine* Sache – eine *andere*, sie auch über längere Zeit zu behalten. Womit wir gleich beim Thema dieser Lektion wären, nämlich der Vermittlung und Vernichtung von Wissen.

Im Hochdeutschen gibt es für die oft anstrengende Tätigkeit, Unterrichtsinhalte zu vermitteln, das Verb »lehren«: der Schüler lernt, was ihn der Lehrer lehrt. Im Ostwestfälischen hingegen bezeichnet man nicht nur das Aneignen, sondern auch das Weitergeben von Kenntnissen mit »lernen« (bzw. »läarn«). Also zum Beispiel: »Du hass noch nie Püfferkes gebrutschelt? Kein Problem, ich läarn dich das!«

Konsequenterweise müsste daher ein Lehrer hierzulande »Lerner« heißen. Heißt er aber nicht – sondern wahlweise Pauker, Arbeitgeber, Kommagärtner oder Stupidienrat.

Nun ist ein Lehrer aber ohnehin nur die eine Hälfte seiner Zeit damit beschäftigt, zu lehren und seinen Schülern etwas beizubringen. Die andere Hälfte verbringt er mit Versuchen, ihnen vorhandenes Wissen wieder auszutreiben: die Kenntnis, wie man mit einem Zirkel Tischplatten durchbohrt,
die Erfahrung, wie elterliche Entschuldigungsschreiben täuschend echt nachzumachen sind, das Know-how, sich während einer Klausur mit dem Klassenbesten per SMS zu verständigen – das alles sind Wissenszuwächse, die der Pädagoge bei den Pennälern gerne rückgängig machte. Oder auf gut Gütersloherisch: »Der Pauker väasucht den Blagen das wieder abzuläarn«. Und zwar entweder mit Klassenbucheinträgen oder mit Strafarbeiten, in jedem Fall aber erfolglos.

Und was lernt uns das alles? Dass man im Kreis Gütersloh schnell lernen sollte, sich den Begriff »lehren« abzulernen …

Lektion 58

spierig, spillerig, spisselig

Bedeutung: *dünn, mager, schmächtig*

Anwendungsbeispiel: »Unser Hilde ihr Mann, der is chanz vons Fleisch chefalln. Spierich wiea is könnt der chlatt seine Aambanduhr als Güatel tragen. Wenn der ma annem sonnigen Tach 'n bissken im Schatten liegen will, brauch der sich nuar ne Wäscheleine aufspann' – ssonnen richtich Spillerigen is das.«

Spillerig, spisselig oder spierig mit »dünn« zu übersetzen, ist nur die halbe Wahrheit – »zu dünn« müsste es in vielen Fällen heißen. Denn wer mit diesen Vokabeln umschrieben wird, hat offensichtlich die letzten Jahre permanent den Gütersloher Schinkenmarkt, den Piumer Kartoffelmarkt und den Bockhorster Spargelmarkt geschwänzt und ist im Vergleich zu seinen Mitmenschen auffallend mager. So etwas gilt im Land von Pickert und Püfferken als schwere Verfehlung! Entsprechend vergleicht man den Körperbau eines solchen Genussverweigerers mit einem »Spier«, einem dünnen, brüchigen Halm, oder einer »Spille«, dem Hals einer Spindel, auf dem der Faden aufgewickelt wird.

Fast immer schwingt ein negativer Unterton bei der Verwendung dieser Wörter mit. So ist es zum Beispiel undankbare Friemelarbeit, einen spierigen Faden einzufädeln, weil dieser ausgefranst und kaum zu greifen ist. Ein spilleriger Tannenbaum muss besonders stark geschmückt werden, um mit der Extraportion Lametta das Fehlen der Nadeln zu kaschieren. Bevor Männer nach dem Motto »Besser 'ne Pläte als gar keine Haare« eine Glatze bekommen, haben sie oft nur noch einige Spieren, lange dünne Härchen, auf dem Kopf. Ein besonders dünnes, um nicht zu sagen dürres Kind, das sich beim Verstecken spielen hinter einem Besenstiel verbergen kann, ist ein Spinnewippken – und wird später ein Spinnewipp, vielleicht auch ein Schmachtlappen, Mickermännchen oder Zissemännken, niemals aber ein Ömmes, Brocken, Küben oder Kawenzmann.

Foppen (»vergackeiern«) lassen sich natürlich auch spierige Menschen nicht gerne. Wer eine besonders dünne Person mit den Worten aufzieht: »Hömma, so wie du aussiess, könnt man mein', in Ostwestfaaln wäar 'ne Hungersnot ausgebrochen!«, sollte kein allzu großes Speckbäuchsken mit vielen Schmülleken (Fettröllchen) besitzen. Sonst hört er nämlich als Antwort: »Und wenn man dich so sieht, könnt man mein', *du* wäars die Hungersnot in Schuld!«

Lektion 59

Grundsätzliches

Wer sich schon länger an unserem Sprachkurs Gütersloherisch beteiligt, dem wird es beim Studieren der bisherigen Lektionen aufgefallen sein: Innerhalb des Gütersloher Wortschatzes gibt es zwei Sachgruppen, denen sich besonders viele Vokabeln zuordnen lassen – Sachgruppen, die ein etwas irritierendes Licht auf das gesellschaftliche Leben in der Dalkestadt und ihrer Umgebung werfen.

Denn die erste der beiden auffälligen Vokabelhäufungen rankt sich ums Trinken, um nicht zu sagen: Saufen. Von Künsebeck bis Kaunitz hängt sich so mancher Bewohner offenbar derbe einen um, indem er mit seinem Schasskermoos Gepattkerten bestellt und als Schlürschluck selbst noch die Miegewippe wechpichelt; er püttkert, ballert und böltert sich einen, bis er völlig dune, knülle, kanonen oder dudeldicke ist.

Zur Verteidigung muss man anmerken: Es gibt ja auch meistens einen Grund, um einen zu heben. Entweder es ist Michaeliskirmes, Pollhans oder Sünne Peider, dann bleibt das nicht aus. Oder es ist Schützenfest, dann möchte man ja nicht der Einzige in seiner Gemeinde sein, der nüchtern ist. Oder Erwin feiert Geburtstag oder der Geflügelzuchtverein sein »fümmunsiebzichgähriges Gubiläum« oder Hilde ihre Goldene Erstkommunion. Oder jemand stellt überraschend fest, so jung käme man wohl bis auf weiteres nicht mehr zusammen – schwupps, sind die Pinnchen mit Steinhäger gefüllt und wenige Nanosekunden später auch schon wieder geleert.

In der zweiten Sachgruppe geht es um missmutige und beleidigende Äußerungen aller Art – eventuell auch begünstigt durch die Tätigkeiten aus der ersten Sachgruppe. Einem angeschickerten Bölkhannes (also einem angetrunkenen Schreihals) oder einer Gaffelzange (einem weibli -chen Hausdrachen) steht beim Schännen und Schandulen (beim Schimpfen) eine beeindruckende Palette an Schimpfwörtern zur Verfügung, die wir an dieser Stelle aus zwei Gründen ungenannt lassen: **1.** um der verbalen Verrohung keinen Vorschub zu leisten, **2.** um den Verkauf von *Pölter, Plörre und Pinöckel, Band 1* anzukurbeln – dort finden Sie nämlich in *Lektion 38* alles, was Sie für Ihren nächsten Nachbarschaftsstreit brauchen.

Über das Trinken und Schimpfen hinaus gibt es eine Vielzahl von Vokabeln, mit denen Sie zwischen Werther und Westerwiehe den Grimmigkeitsgrad einer Person beschreiben können. Jemand ist »verdreht«, »tranklöterig« und »nölt rum«, wenn er irgendwas nicht »verknusen« kann. Er ist »nöckelig«, wenn etwas nicht so läuft, wie er es geplant hat. Oder er ist »knötterig«, wenn etwas zwar so funktioniert, wie er es geplant hat, er sich aber dadurch seine schlechte Stimmung trotzdem nicht vermiesen lässt. Treffen zwei Nöckelige zusammen, kann es passieren, dass sie sich bald beide derbe am »Kebbeln« sind und eine »Katzbalgerei« veranstalten.

Ständig besoffen, brummelig und vor sich hin keifend – sollte das etwa den typischen Bewohner des Kreises Gütersloh kennzeichnen? Natürlich nicht. Mit eigenen Vokabeln kennzeichnet der Volksmund ja immer das Außergewöhnliche. Es gibt Begriffe für besonders schmächtige Menschen (Mickermännchen, Schmachtlappen) und für besonders stabil gebaute (Kawenzmann, Küben) – für Menschen mit durchschnittlicher Figur gibt es keinen eigenen Ausdruck.

Weil nun die heimische Bevölkerung größtenteils aus spendablen Gönnern, eleganten Jungfrauen und eben stocknüchternen Abstinenzlern besteht, gibt es im Regiolekt auch nur Ausdrücke für das Gegenteil: »knickriger Lauschepper«, »schlunzige Jökeltrine« und »knüppelhagelvoller Schautentippel«. Die Häufung von Wörtern rund um das Streiten, Zanken und Schlecht-gelaunt-Sein wiederum zeigt nichts anderes, als dass Sie in der Region zwischen Teuto, Senne, Hermannsweg und Ems normalerweise ausschließlich auf bezaubernde, freudestrahlende und gut gelaunte Menschen treffen. Lediglich für die Ausnahmefälle nehmen wir in der nächsten Lektion die Vokabeln »nickelig« und »kiebig« durch.

nickelig und kiebig

Bedeutung: *verärgert sein und in der Folge hinterhältig und gemein (nickelig) oder kratzbürstig und ausfallend (kiebig) werden*

Zugezogene Neubürger verwechseln mitunter die Begriffe »nöckelig« und »nickelig«. Dabei besteht zwischen beiden ein denkbar großer Unterschied. Denn wer nöckelig ist, grummelt vielleicht ein bisschen vor sich hin und spielt die beleidigte Leberwurst, macht aber grundsätzlich seine schlechte Laune mit sich selbst aus. Wer aber nickelig ist, lässt andere unter seiner Griesgrämigkeit leiden, verunglimpft, stichelt und intrigiert. »Du siehst so süß aus, wenn du nöckelig bist!«, könnte man in einem Fall akuter Brummigkeit seinem Partner/seiner Partnerin zur Aufheiterung sagen. »Du siehst so süß aus, wenn du nickelig bist!« ist ein Satz, der außerhalb der Sado-Maso-Szene keine Anwendung findet.

Nickelig kommt vom Scheltwort Nickel, einer spöttischen Kurzform von Nikolaus. So wie alle Wellensittiche Hansi und alle Schäferhunde Hasso heißen, hören in der Vorstellung der Bergleute alle Kobolde und Stollentrolle auf den Namen Nickel. Diese bösartigen Kreaturen sorgen dafür, dass aus einem bestimmten Mineral trotz seiner kupferroten Farbe kein Kupfer zu gewinnen ist – nämlich aus dem deshalb so genannten Kupfernickel. Wer nickelig ist, tut es den gemeinen Berggeistern gleich und macht seinen Mitmenschen aus reiner Garstigkeit das Leben schwer.

Auch jemandem, der kiebig ist oder zu werden droht, sollte man aus dem Weg gehen. »Kiebig« kommt nämlich von »keifen«, wie in der folgenden Anekdote aus Alt-Gütersloh nachzuvollziehen ist:

Die junge Elise Hülsstrüwer leidet an chronischer Bronchitis. Im Herbst 1905 erkrankt sie so stark, dass sie ihre Tätigkeit als Haushaltshilfe in der Villa Bartels für mehrere Wochen unterbrechen muss. Frau Bartels bleibt nichts anderes übrig, als eine Stellenanzeige in der Gütersloher Zeitung aufzugeben.

Wer am nächsten Morgen als Erste vor ihrer Tür steht, ist allerdings keine Bewerberin um die vakante Stelle, sondern Elises Mutter, Emma Hülsstrüwer. Völlig aufgebracht und außer sich vor Wut staucht sie ungeachtet jeder Standesgrenze die überraschte Frau Bartels zusammen: »Was erlaum se sich, sonne diffamierende Annongsse ins Blatt zu setzen?! ›Umständehalber neues Dienstmädchen gesucht‹ – nää, wassen nickligen Zuch! Ssowas hört sich einfach nich, das is kein Benimm. Die chanze Karjäre meiner Lütten is ja mit ihrer Lügenanzeige inne Dutten! Die kommt ja in kein anständiges Haus mehr rein! Und heiraten will se nu auch keiner mehr! Und chlatt cheloren isses noch dazu: ›umständehalber‹ – pah! Meine Tochter hats man bloß ’n bisken im Hals, von ›umständehalber‹ kann cha nich Rede sein. Die Anzeige nehm’ se ssobutz wieder retuhr, sons werd ich richtich kiebich, da könnse aber drauf an!«

Lektion 61

Lernkontrolle I

Da im Bereich der Erwachsenenbildung ein hohes Maß an Eigenengagement erwartet werden kann, übernehmen Sie bitte Ihre Lernkontrolle selbst, um Ihre Ostwestfälisch-Fortschritte zu überprüfen. Beantworten Sie dazu die folgenden Fragen und zählen Sie die Punkte hinter Ihrer angekreuzten Lösung zusammen (nicht mogeln!). Die Auswertung finden Sie auf Seite 117.

Frage 1

Es klingelt an der Haustür. Offensichtlich ist Frau Kleinepöhler vom Einkaufen zurück. Was sagt Vater Kleinepöhler zu seinem Sohn?

a) »Jemand muss deiner Mutter Einlass gewähren. Wärst du so lieb?« (0 Punkte)
b) »Öffne deina Mutta ma die Tüar!« (5 Punkte)
c) »Ma' ma' Mama auf!« (10 Punkte)

Frage 2

Ihr Kollege stolpert im Büro über ein Kabel und muss mit geschwollenem Knöchel in medizinische Behandlung. Sie übernehmen sein Telefon, das prompt klingelt. Mit welchen Worten erklären Sie dem Anrufer die Abwesenheit Ihres Kollegen?

a) »Der ist leider derzeit außer Haus, da er einen Orthopäden aufsuchen muss.« (0 Punkte)
b) »Der is justament außer Tüar raus, weila sich die Hacken vearknackst hat.« (5 Punkte)
c) »Der hat sich ehm auffen Patt chemacht nach'n Fußaazt hin.« (10 Punkte)

Frage 3

Ein kubanischer Musiker hält sich länger als beabsichtigt in Gütersloh auf (so etwas soll tatsächlich schon vorgekommen sein). Er hat Schwierigkeiten mit der deutschen Sprache. Wie wird ihm ein hilfsbereiter Gütersloher Unterstützung anbieten?

a) »Ich – sprechen – langsam, – dann – du – mich – verstehen, ja?« (0 Punkte)

b) »Ich werde mich bei der Stadt dafür einsetzen, dass Ihnen ein Sprachkurs finanziert wird.« (-5 Punkte)

c) »Das mit das Deutsche, da mach dich man nich Bange vor, das läarn ich dich schon.« (10 Punkte)

Pott

Bedeutung: *Topf*

Anwendungsbeispiel: Mittagessen bei Kottenkamps. Der kleine Florian spricht das Tischgebet: »Komm Herr Jesus, sei unser Gast! Dann siehst du, was du uns bescheret hast! – Und bitte, lieba Gott, vielleicht überlechses dir nochma und machs aus dem ollen Wiasing nen Pott voll Pommes.«

Mit *potus* bezeichneten die alten Römer eine Trinkschale oder einen größeren Becher, der manchem Mitteleuropäer im Vergleich zu den eigenen Trinkgefäßen wie ein Topf vorgekommen sein muss – kein Wunder, wenn man bedenkt, auf welch geringe Füllmengen die Gläser hierzulande ausgelegt sind (vgl. Pinnchen bzw. Pinneken). Jedenfalls entwickelte sich aus dem *potus* europaweit der Pott: Die Engländer und die Franzosen kennen ihn heute als *pot*, die Dänen als *potte*, die Schweden als *potta*. Bei den Niederländern heißt der Erzeuger eines Topfes – welch ein schönes Wort! – *pottenbakker*, also Topfbäcker.

Ganz allein sind wir Ostwestfalen mit der Verwendung des Pottes also nicht. Allerdings entwickelten wir sprachliche Differenzierungen wie z.B. den Gusspott (den man noch heute in jedem Laden kaufen kann, wenn auch nur unter seiner modernen Bezeichnung »Wok«) oder den Pisspott (hochdeutsch »Nachtgeschirr« oder »Kammertopf«).

Letzterer ist in der Redewendung »zu Potte kommen« (für »vorankommen, Fortschritte machen«) gemeint. Vor der allgemeinen Verbreitung wassergespülter Toiletten gab es nämlich für Kranke, denen der weite Weg zum Abort auf dem Hof nicht zugemutet werden konnte, einen Krankenstuhl, einen Stuhl mit Öffnung in der Sitzfläche und einem darunter hängenden »Pott« (der Gang zu diesem Stuhl, also der »Stuhlgang«, wurde zu einer sprachlichen Verhüllung der darauf folgenden Tätigkeit). Wenn der Patient nach längerer Zeit endlich »zu Potte kam«, war das ein Grund zur Freude, wurde doch die wieder in Gang gekommene Darmtätigkeit als Zeichen der Besserung im Krankheitsverlauf gewertet.

Doch zurück in die Küche. Da war noch der junge Mann, der immer bevor er einen Schmorbraten in den Bratenpott legte, das Fleisch in zwei Hälften teilte – wie er es von seiner Mutter gelernt hatte. Als ihn seine Frau nach dem Grund fragte, konnte er nur auf das Familienrezept verweisen, in dem es ausdrücklich hieß: »Das Bratenstück unbedingt in der Mitte durchschneiden!« Der Mann forschte nach. Seine Mutter hatte das Rezept von der Großmutter übernommen – aber keine der beiden Frauen wusste, warum der Braten zu halbieren sei. Das Originalrezept stamme jedoch von der Urgroßmutter, die müsse den Grund also kennen. Und tatsächlich, die 92-jährige Dame konnte das Küchenrätsel endlich auflösen und einen plausiblen Grund für die Bratenteilung nennen: »Bi us hats doch damals immer nua sso lütte Pötte gegehm. Anners hätt da doch sson hönniges Sstück ganich reingepasst!«

Lektion 63

Hucke

Bedeutung: *(krummer) Rücken*

Mit der Hucke kann man drei Dinge machen: **1.** kann man sie volllügen (»Woran erkennsse, dass dir'n Polittiker die Hucke volllücht? Er bewecht die Lippen!«), **2.** kann man sie sich volllaufen lassen (»Trinksse 'n Kurzen mit?« – »Bisse wahne? Erssens trink ich überhaupt gaar nich, zweitens is heut der Stäabetach von meiner Mutta, da trink ich schon ma ears recht nix, und drittens habbich mir earst heut mittach die Hucke volllaufen lassen – da bin ich noch chanz tüddelich von in Brägen.«), **3.** kann man sie vollkriegen (»Hömma, wennde noch eima behauptess, ich wäar 'n leicht reizbarer Schlägertyp, dann krisse aber ma sso richtich die Hucke voll, das kannse aber ma glaum!«).

Die Hucke bezeichnet eigentlich einen Rückenkorb, wie ihn in Westfalen zum Beispiel die Weber oder Kaufleute zum Transport ihrer Ware benutzten – so wie der Kiepenkerl in Münster (das Münsteraner Pendant zum Gütersloher Fuhrmann), der als reisender Händler einen Tragekorb, eine Kiepe, auf dem Rücken hat. Diese Kiepe oder eben Hucke brachte den umherziehenden Händlern die Berufsbezeichnung »Huckler« ein. Aus den Hucklern wurden die »Hök(l)er«, noch um 1900 ein gängiger Begriff für Markthändler und Hausierer, die etwas zu »verhökern« hatten – womit wir ganz nebenbei auch die Herkunft dieses Wortes geklärt hätten.

Da die markenbewussten Jugendlichen heute nur noch *Eastpak*-Rucksäcke kaufen, ist die Hucke als cooler Taschenersatz im Schul- und Freizeitbereich zunehmend aus der Mode gekommen. Höchstens Winzer tragen noch etwas Ähnliches (die sogenannte Butte), aber ausgerechnet in diesem Berufsstand sind Arbeitsplätze entlang der Ems traditionell knapp, und der Südhang des Osning wartet seit Jahrzehnten vergebens auf seine Entdeckung als Weinanbaugebiet. So ist die Hucke als Gepäckstück heute nahe -zu unbekannt, stattdessen haben wir bei Anwendung des Wortes einen Rücken vor Augen – und zwar nicht irgendeinen, sondern vorrangig den eines Huckenträgers, also einen krummen.

Sollte Ihnen ein volltrunkener Berufsboxer androhen, »die Hucke vollzuhauen«, so ist es folglich ratsam, sich um eine Entschärfung der Situation zu bemühen. Ihr Hinweis »Welche Hucke?! Ich besitze doch gar keinen historischen Rückenkorb« hätte mutmaßlich keine deeskalierende Wirkung. Schlimmer noch: Die Äußerung könnte sich als verhängnisvolle Fehleinschätzung der eigenen Besitzverhältnisse erweisen. Denn Ihren Rücken werden Sie ja voraussichtlich dabeihaben – sollte der bislang nicht krumm sein, spätestens nach dieser Antwort wäre er es …

Flötepiepen!

Bedeutung: *Denkste! Von wegen! Pustekuchen!*

Anwendungsbeispiel: »Und, wie war dein Ronndewuh gestearn Ahmd? Hasse da getz ’n Krösken am Start und das Mädel rumgekricht?« – »Flötepiepen! Die olle Trine is gar nich ears gekomm’!«

Was heißt eigentlich Flötepiepen? Na, das kann sich doch jeder ganz leicht zusammenreimen! Flötepiepen heißt »Flöte pfeifen« und soll bedeuten, dass das soeben Gehörte oder Gesagte so viel wert sei, als hätte man durch eine Flöte gepustet und nichts als kalte Luft erzeugt. Logisch, oder?

Aber Flötepiepen! Denn die Wurzeln dieses Ausdrucks liegen überraschenderweise nicht zwischen Rhein und Weser, sondern zwischen Nil und Tigris. Der Bestandteil »Flöte« stammt vom hebräischen *peletä* ab, und das ist kein Instrument, sondern bedeutete sowohl »Flucht« als auch »Bankrott« – was die Vermutung zulässt, dass sich schon vor 2.500 Jahren so mancher Schuldner seinen Zahlungs-verpflichtungen entzog, indem er einfach abhaute, ohne einen Nachsendeantrag zu stellen oder das Einwohnermeldeamt zu benachrichtigen. Jedenfalls entwickelte sich aus dem Wort *peletä* über das Jiddische die »Pleite«. Dieser uns heute leider allseits bekannte Begriff war noch bis ins 19. Jahrhundert ein Wort aus dem Gaunervokabular und gelangte relativ spät in die allgemeine Umgangssprache. Bevor das der Fall war, existierten mehrere regionale Sprachvarianten: »Blete« zum Beispiel oder eben »Flöte«.

Auch der zweite Wortbestandteil, das »Piepen«, ist übel beleumundet, entstammt er doch ebenfalls der Gaunersprache, dem Rotwelschen. In Anlehnung an das Gezwitscher kommunikationsfreudiger Singvögel beschreibt das »Pfeifen« eine in Ganovenkreisen denkbar unbeliebte Redseligkeit. Wer »verpfiffen« wird, der wird verraten und der Polizei gemeldet. Dem eventuell schmerzhaften Zugriff der Staatsgewalt kann man als Dieb nur zuvorkommen, indem man sich stellt und ein Geständnis ablegt – statt verpfiffen zu werden, pfeift man selber. Pfeifen hat hier also die Bedeutung von »aussagen, eingestehen«.

Damit heißt Flötepiepen nichts anderes als »eine Pleite eingestehen«. Wer hätte das gedacht? Dass es eine ostwestfälische Vokabel aus dem Rotwelschen mit hebräischen Wurzeln gibt, sollte man nicht meinen – aber Flötepiepen … !

Lektion 65

Köttel

Bedeutung: *1. Kotklümpchen, auch 2. kleines Kind*

Anwendungsbeispiel: »Da is ja das Ende von wech: Mäuse in meiner Küche! Ich dacht earst noch, was liegn da viele Rosinen auffem Boden, da seh ich: Das sind Köttel!«

Wenn es um verdauungsinduzierte Körperausscheidungen geht, stellt uns die deutsche Hochsprache ein nur als armselig zu bezeichnendes Vokabelangebot zur Verfügung. Also muss die Umgangssprache mal wieder die Drecksarbeit erledigen. Gut, dass Sie so fleißig Ostwestfälisch büffeln! Denn wofür sich das Hochdeutsche zu fein ist, das formuliert der ostwestfälische Regiolekt mit seinem Sprachreichtum, ohne dass es anstößig wirkt.

Wir kennen das Phänomen von den Vokabeln »Miege« für eine bierfarbene Flüssigkeit oder »Mäse« für die Körperregion, aus der die Köttel in die Außenwelt gelangen. (Ein Anwendungsbeispiel für »Miege« gefällig? Gerne! Neulich im Gasthaus: »Hönnsema, das Bier, wasse mir hier gebracht ham, hat aber aunoch kein' Kühlschrank von inn' gesehn. Die Plörre is ja miegenwaam! Muss man in ihrer Murksschenke erst 'n Kaffee bestelln, um was Kaltes zu kriegn?« – Das entsprechende Anwendungsbeispiel für »Mäse« entstammt der wohl bekanntesten Gütersloher Anekdote, in der Uhrmacher Dodt zu seinem Kunden sagt: »Ihre Uhr is feddich.« – »Prima, dass Sie sie so schnell reparieren konnten.« – »Nää, ehm nich! Ich sach doch, die Uhr is *feddich* – die is inne Mäse!«)

Tatsächlich ist der »Köttel« im Duden nicht verzeichnet. Dort findet man lediglich den »Kötel«, aber den hat ja hierzulande nun wirklich noch keiner gehört, geschweige denn gesprochen. So lässt sich in Wörterbüchern auch nicht die zweite Bedeutung des Köttels nachlesen, nämlich die durchaus liebevolle Bezeichnung für ein Kleinkind: »Das is ja man süß, wenn das kleine Köttelchen mit den viel zu großen Puschen von sein Papa übearn Fluar tapert!«

Ein »Frostköttel« ist demnach eigentlich ein frierendes Kind, der Begriff wird aber mittlerweile auf kälteempfindliche Menschen aller Altersstufen angewendet *(siehe Lektion 87).* Denn was macht es schon, ob jemand fünf oder fünfzig Jahre alt ist – für jemanden, der im Herzen jung geblieben ist, sind Diskussionen um das Alter doch nur bedeutungslose Kleinigkeiten. Oder besser, weil auf Gütersloherisch gesagt: Köttelkram.

Lektion 66

Mürker

Bedeutung: *Maurer*

Anwendungsbeispiel: »Auffe Baustelle bei Gehring und Bunte hammse gestern dearbe rumgemurkst! Da hatten se 'n fümmenviazich Meter hohn Schoarnstein hochgezogn, bis der Bauleiter gemearkt hat, dassa den Plan vearkeahrtrum hält – das hätt einglich 'n Brunnen wearden solln! Da sind de Mürkers aber kiebich geworn, das sach ich dir!«

Auch wenn es die klangliche Ähnlichkeit vermuten lässt – Mürker machen keinen Murks, sondern Mauern. Wenn man sie denn machen lässt. Denn die konjunkturelle Lage treibt manche Maurerkolonne zu sarkastischen Sprüchen wie »Früher bauten wir Brücken, heute schlafen wir darunter« oder zu Witzen wie diesem: Im Wahlkampf diskutiert ein Politiker mit einem Maurer. »Sie als Maurer können doch zufrieden sein – so ein schöner Beruf. Ich würde gerne als Maurer arbeiten!« Darauf der Maurer: »Ich auch.«

Eine Pointe, so alt wie das Reichsarbeitsamt – und doch wohl leider noch länger aktuell. Alle anderen Maurerwitze, die man im Internet finden kann, schüren das Vorurteil, im Baugewerbe würden bei der Arbeit nicht nur Wände, sondern auch reichlich Gerstensaft verputzt (übrigens stehen diese Witze auf den Seiten von Bauunternehmen – bei so viel Selbstironie trauen wir uns den Abdruck): »Gestern hamse 'nen Mürker ins Eli-Hop* eingeliefeart – der aame Käarl hatte aus Vearsehn sein Bier mit ner Limo vearwech-

**) Gütsler Kurzform für Sankt-Elisabeth-Hospital*

selt …«. Oder auch: »Warum arbeiten Maurer nur sechs Monate im Jahr? Weil in den anderen sechs Monaten das Bier gefroren ist.«

Ob dieses Vorurteil in Gütersloh entstanden ist? Hier wurde nämlich die Trinkfestigkeit eines Mürkers durch eine Kronzeugin entlarvt – zumindest weiß das die folgende Anekdote aus Alt-Gütersloh zu berichten:

Im Busch, der Arbeiter- und Handwerker-Siedlung im Umfeld des heutigen Gütersloher Rathauses, ist das neue Häuschen des Maurers Rust und seiner Frau entstanden. Auf dem Richtfest macht Frau Rust den Baumeister Viermann auf ein Detail aufmerksam: »Der Spruch auffem Tüarbalken fehlt noch! Auf unserm aulen Kotten hat da immer ›Solide o gloria‹ draufchestan'n!« Viermann lächelt: »Ich vermute, dass an ihrem Türbalken ›Soli Deo Gloria‹ zu lesen war, so wie im Signet des Evangelisch Stiftischen Gymnasiums. Das ist Lateinisch und heißt ›Gott allein die Ehre‹. Wenn Sie möchten, können wir diesen Spruch auch auf Deutsch schreiben.« »Nää, nää«, winkt die Rust resolut ab, »das muss da chenau sso wieder hin as wie das war. Ich kenn ja mein' Wilhelm – der vearschwindet sonst in geder frein Minute im Bremer Schlüssel und pichelt sich ein'. Das ›solide‹ soll da man schön als Mahnung wieder hin!«

»Da fällt mir gerade was ein …«

Lektion 67

Huckel und Huppel

Bedeutung: *kleine Erhöhung, Bodenwelle*

Anwendungsbeispiel: Kommentar zu den Straßenbau- und Kanalarbeiten zwischen Halle und Bielefeld: »Ständich sindse anner Beh achtensechzich zugange, die is mittlerweile huckelich wie ne Buckelpiste. Manche Huppels sind sonne Kawenzmänner – da köntessen Gipfelkreuz aufstelln!«

Im Grundwortschatz Gütersloherisch, *Lektion 8,* lernten wir den Pömpel als praktischen Ersatzbegriff für eine Fülle pfahlartiger Durchfahrsperren kennen, deren offizielle Bezeichnungen im Straßenverkehr noch seltener zu hören sind als ein »Ihnen lasse ich die Vorfahrt gerne« – also nie. Kein Wunder: Warum sollte man seinem Gesprächspartner ein Wortungetüm wie »Straßenbegrenzungspfosten« zumuten, wenn mit »Pömpel« alles gesagt ist? (Es sei denn, man ist Verkehrsplaner und *will* gar nicht verstanden werden.)

Huppel und Huckel sind zwei ähnlich flexible Zauberwörter aus dem Bereich des Straßenverkehrs. Sie stehen für die künstlichen Bodenerhebungen, die speziell vor Ausfahrten und Einmündungen bei z. B. Kindergärten auf den Straßenbelag platziert werden. Was manchmal so aussieht, als krieche ein feuerwehrschlauchdicker Wurm unter der Asphaltdecke her, heißt im Verkehrsplaner-Deutsch »Fahrbahnschwelle« (einfach nur »Schwelle« wäre nicht geschwollen genug), »Geschwindigkeitsregulierer« oder »Tempodämpfungselement«. Auch was insel- statt wurmförmig auf der Straße liegt, trägt Namen, die so silbenverschwenderisch sind wie das Wort »silbenverschwenderisch« selbst: »Plateauaufpflasterung« zum Beispiel, oder »Euronormkissen«.

Das alles sind schöne und praktische Wörter, wenn man Glücksrad oder Galgenmännchen spielen will, aber im Straßenverkehr völlig unbrauchbar. Wer ruft schon als Beifahrer seinem Chauffeur zu: »Achtung, da liegt ein Tempodämpfungselement!«? Zwar gibt es umgangssprachliche Ausdrücke für die verkehrsberuhigenden Maßnahmen, wie zum Beispiel »Achsenverschleißbeschleuniger«, »GTI-Bremse« und »liegender Polizist«. Der Gütersloher jedoch ersetzt all diese Wortungetüme durch »Huppel« oder »Huckel« (je nachdem, ob sein soziales Umfeld »Huppel« oder »Huckel« sagt).

Sowohl Huppel als auch Huckel lassen viele Fahrzeugbesitzer cholerisch werden. Andere, wie z.B. BMX-Fahrer, freuen sich darüber. Auf einem huckeligen Feldweg huppeln sie begeistert über Baumwurzeln, Maulwurfshügel und was sich sonst noch von der Grasnarbe abhebt. Um den Spaß zu komplettieren, brauchen sie aber auch das Gegenteil – eine Kuhle. Dazu mehr in der nächsten Lektion.

Lektion 68

Kuhle

Bedeutung: *Mulde, Furche, Grube, Rille*

Anwendungsbeispiel: In der Küche: »Uchuttuchut, hier ssiehts ja aus wie nacha Explusion bei Doktoar Oetker! Wollteste wieder den Teich ohne Schüssel kneten? Dann muss du in dem Mehlhaufen natüarlich erss ne Kuhle inner Mitte machen, bevoar du die Eier dabeituhss. Getz liecht der chanze Klumpatsch auffen Boden, du Töffel!«

In der letzten Lektion lernten wir die Begriffe Huppel und Huckel kennen – wobei »kennen lernen« vielleicht zu viel gesagt ist, denn nördlich des Weißwurst-Äquators gehören diese beiden Wörter durchaus zum aktiven Wortschatz. Auch das Gegenteil eines Huckels ist kein Gütersloher Spezialbegriff, sondern in ganz Norddeutschland gebräuchlich: die Kuhle.

Ein Anwendungsbeispiel aus dem Bereich der Jugendsprache findet sich in den gereimten »Kinder-Witzen«, die immer mal wieder auf den Schulhöfen kursieren: »Allen Kindern reicht das Wasser bis zum Hals – nur nicht Heiner, der ist kleiner« geht einer der Sprüche, die die Lehrer als »ebenso geschmack- wie witzlos« kritisieren, aber einem Sechsjährigen Seitenstechen vor Lachen bescheren (die Popularität drittklassiger Zweizeiler bei Erstklässlern hängt unmittelbar mit den Missfallensbekundungen des Lehrkörpers zusammen). Ein anderer heißt: »Alle Kinder gehen zum Friedhof – nur nicht Hagen, der wird getragen.« Eine Abwandlung davon lautet:

»Alle Kinder gehen zum Friedhof – nur nicht Jule, die liegt in der Kuhle.«

Das zeigt, wie vielseitig die Kuhle verwendet werden kann. Man findet sie nicht nur auf Begräbnisstätten, sondern auch im Kaninchenzuchtverein: »Oppen Karnickel zu fett is, fühlse am besten in der Kuhle hintern Ohrn – da dürfen keine Schmülleken sein.« Oder im Schlafzimmer: »Kär, wir brauchen ma wieder ne neue Matratze. Beier alten liech ich immer sso inner Kuhle.« Oder bei modebewussten Ehefrauen, die ihren Männern jegliches Stilgefühl absprechen: »Nä, was siehsse schlunzich aus – als wärsse inne Mistkuhle gefalln!« Leider findet man die Kuhle auch in einer Werbebroschüre der Landesvereinigung Milchwirtschaft, die sich einen erhöhten Absatz ihrer Produkte von dem furchtbaren Wortspiel »Milch – eine kuhle Erfrischung« erhofft. Aua!

Daneben gibt es dann aber doch noch eine typisch ostwestfälische, allerdings auch etwas saloppe Redewendung: Über jemanden, der humpelt und hinkt, sagt man »Er tritt inne Kuhle«. Ein ähnlich anschauliches Bild findet sich in Cartoons, in denen über dem Kopf eines Unglücksraben selbst bei strahlendstem Sonnenschein eine persönliche kleine Regenwolke schwebt. So erzeugt die Redewendung »Er tritt inne Kuhle« die Vorstellung, den Hinkenden verfolge eine mobile Kuhle, die sich bei jedem Schritt unter seinen Fuß schiebe. Unklar bleibt lediglich, warum sich die sprachliche Alternative »Der tritt auffen Huckel« nicht durchgesetzt hat.

Lektion 69

stickum

Bedeutung: *leise, ruhig, heimlich, verstohlen, hintenherum*

Anwendungsbeispiel: »Der Berni hatte ja sowas von keine Lusten auffe Geburtstagsfeier vom Chef, das war zum Beömmeln! Der hat jedem die Hand gegehm, damit se ihn alle eima gesehn ham, und dann hatta sich ganz stickum aussem Staub gemacht.«

Berufliches Weiterkommen erfordert Fremdsprachenkenntnisse. Das war auch schon vor 120 Jahren so. Wer damals in Westfalen eine Karriere als fliegender Händler, Kesselflicker, Scherenschleifer, Bürstenmacher, Schrotthändler, Schausteller oder Artist anstrebte, lernte deshalb Masematte. Diese Geheimsprache war ein Mix aus Vokabeln des Jiddischen, des Romani (die indoiranische Sprache z. B. der Sinti und Roma) und der Gaunersprache Rotwelsch.

Viele Begriffe, die wir heute in unserer Umgangssprache benutzen, sind »dekodierte« Wörter der Masematte, wie z. B. ausbaldowern (in Erfahrung bringen, planen), der Heiermann (ein 5-Mark-Stück), »für lau« (kostenlos), linken (täuschen), Penunsen (Geld), verkimmeln (versagen, unterliegen), spachteln und verkasematuckeln (essen).

An den Wortfeldern lässt sich erkennen, dass die Geheimsprache weniger genutzt wurde, um sich über die sozialen Verdienste des Kaiserreichs und das freundliche Wesen des örtlichen Wachtmeisters zu unterhalten, als vielmehr, um sich unter Kleinganoven auszutauschen, wo welches Geschäft zu machen sei, welcher Bürger ein großes Herz und welcher eine große Dogge besitze und in welchen Wohnungen nachts ein Fenster offen stände. Mit dem Vorteil, dass die Bürger, um die es ging, oder auch die Polizei von der Unterhaltung kein Wort verstanden …

Deshalb gehörte »stickum« oder auch »stiekum« zum Grundwortschatz der Masematte. Die Sprache wurde ja gerade deshalb eingesetzt, um »ganz stickum rackewelen«, d. h. sich in Ruhe und heimlich unterhalten zu können. Stickum geht dabei zurück auf das hebräische Wort für Schweigen, das mit dem lateinischen Alphabet nicht darzustellen ist, aber in etwa »schetikah« ausgesprochen wird. Daraus entwickelte sich das jiddische »schtieke«, das als Substantiv Stille und Verschwiegenheit bedeutet.

Während Stille und Verschwiegenheit durchaus positiv besetzt sind, wird »stickum« meist mit einem negativen Unterton verwendet. Nehmen wir an, zwei Lehrer unterhalten sich in der Pause über mehrere Schüler, die sich wort-los am Rand des Schulhofes aufhalten. Auf Hochdeutsch bemerkt der eine Lehrer zum anderen: »Die Schüler stehen so still in der Ecke. Ob sie wohl über etwas nachdenken?« Formuliert der Pädagoge diesen Satz jedoch in der ostwestfälischen Variante mit dem Wörtchen »stickum«, wird aus der neutralen Feststellung eine Bewertung und aus seiner Frage einer Schlussfolgerung: »Die stehn da sso stickum inne Ecke – die ham bestimmt was ausbaldowert …«

Die Ken-Methode

Gütersloherisch als Fremdsprache erfreut sich immer größerer Beliebtheit. Das ist prinzipiell schön. Aber leider ist dadurch das Leistungsgefälle innerhalb dieses Sprachkurses recht hoch. Es gibt Leser, die bereits nach wenigen Lektionen fließend Gütersloherisch sprechen (»die mittezeit quatern könn' wie 'n chebüatigen Chützler«), und andere, die sich recht schwer tun (»bei den' man ssobutz höat, dassse woannas wech sind«).

Für alle Sprachschüler, denen das Vokabelpauken weniger liegt, haben wir eine Strategie parat, wie sie ihre lückenhaften Ostwestfälisch-Kenntnisse stante pe um ein Vielfaches erweitern können: die sogenannte Ken-Methode.

Die Ken-Methode ist ideal geeignet, um ohne großen Lernaufwand zu den ollen Strebern aufzuschließen: Hängen Sie einfach hinter jedes hochdeutsche Hauptwort die Endung »-ken« an. Durch diesen simplen Trick klingen Ihre Worte so Gütersloherisch, als hätten Sie schon als Kind auf dem Hof Ihrer Großeltern Kartoffeln aus der sandigen Senne-Erde ausgekriegt.

Und so einfach funktioniert die Ken-Methode: Aus dem Haus wird ein Häusken. Aus dem Pott wird ein Pöttken.

Aus dem Wams ein Wämsken und dem Zuckerklott ein Zuckerklöttken. Zur vertiefenden Übung essen Sie das eine oder andere Bütterken mit ein paar Häppken Fleischwurst und einem Stücksken Käse und trinken dazu einige Pülleken Bier. Das Ergebnis sind dann Schmülleken um ihren Bauch – aber hier sehen bzw. hören Sie schon den Vorteil. Wie hässlich klänge es, »Fettpolster« zu haben. Aber ein paar kleine Schmülleken, die stören niemanden.

Zugegeben, manchmal ändert sich die Bedeutung eines Wortes durch die Ken-Methode ein wenig. Dann wird aus einem lehmigen Klumpen ein cremiges Klümpken (Bonbon bzw. Bömsken), aus der Hucke (»Du kriss gleich die Hucke voll!«, d.h. den Rücken) wird das Hücksken (die Hocke) und aus der ehrwürdigen Großmutter ein kröckeliges Ömmaken.

Umgekehrt gibt es auch Worte, die man mit der Ken-Methode nicht verniedlichen sollte. Selbst wenn ein pöbelnder Mob nur aus wenigen Personen besteht, und selbst wenn diese Unruhestifter eher spierig und schmächtig sind, ist es unangebracht, von »Gesöcksken« statt »Gesocks« zu sprechen.

Vokabeltest: Ihr persönliches »-ken«-Wort

Ob Sie das Prinzip verstanden haben, können Sie im folgenden Vokabeltest unter Beweis stellen, in dem es ausschließlich um »-ken«-Wörter geht. Erraten Sie die gesuchten Vokabeln und notieren sie jeweils die in Klammern angegebenen Buchstaben (Ä=AE, Ü=UE):

1. *Dieses* Wort beschreibt keinesfalls ein geschrumpftes Ruhrgebiet, sondern die kleinere Ausführung eines Gegenstandes, der früher zu geschäftlichen Zwecken unterm Bett stand. *(1. Buchstabe)*

2. Aus einem unentschiedenen Ausgang wird durch die Ken-Methode ein schmaler Weg. *(2. Buchstabe)*

3. Aus einer Vorrichtung zum Auffangen von Stößen an Schienenfahrzeugen werden durch die Ken-Methode leckere Teigfladen. Übrigens: Lässt man das »e« in der Mitte des Wortes weg, entsteht keineswegs ein Mini-Bordell, sondern ein kleines Feuer. *(2. Buchstabe, aber ohne die Punkte)*

4. Gesucht: das bescheidene Eigenheim der Großmutter, die laut einem Stimmungslied bisweilen mit

ihrem Pättkenschnüwer durch den Hühnerstall peest und deren Enkel die besungene Immobilie samt erster und zweiter Hypothek mutwillig als Schasskermoos verjubeln. *(4. Buchstabe)*

5. Jetzt fehlen Ihnen noch drei Buchstaben. Aber selbst wenn Sie nicht wissen, wie der langjährige Liebhaber von Barbie heißt, könnten Sie mit ein bisschen Nachdenken darauf kommen …

Die Lösung beschreibt etwas Kleines, das Sie machen müssen, um auf die Lösung zu kommen – die Sie alternativ auf *Seite 117 nachlesen können.*

Lektion 71

Bütterken

Bedeutung: *Butterbrot*

Anwendungsbeispiel: Jugend forscht: »Wenn sson Bütterken immer mitta beschmierten Seite nach unten fällt und sonne Katze immer auf ihre Foten landet – was passiert dann eigentlich, wenn ich dem Katzenviech oarntlich Butter ins Fell schmiere und vom Baum schuppse?«

Das Bütterken ist die westfälische Sprachvariante des Butterbrotes, das hier zunächst zu »Butta« verkürzt (»Schmiersse mich 'n Butta, Mutta?«) und dann nach der Ken-Methode verkleinert wurde. Doch auch ein kleines Bütterken hinterlässt große Flecken, wenn es vom Küchentisch rutscht: Es scheint nach dem Gesetz der selektiven Schwerkraft immer mit der Butterseite nach unten zu fallen. Eine leicht abgewandelte Theorie besagt, die Wahrscheinlichkeit, dass das Brot mit der beschmierten Seite nach unten landet, stehe im direkten Verhältnis zum Wert des Teppichs.

Dabei hat die Wissenschaft längst festgestellt: Ob unten ein PVC-Belag oder ein Perserteppich wartet, ist dem Brot egal, allein auf die Fallhöhe kommt es an. Bei der gängigen Küchentischhöhe von 75 Zentimetern schafft das Bütterken auf seiner Reise zum Boden eben nur eine halbe Drehung. Wer sein Marmeladenbrot fleckenfrei fallen lassen möchte, braucht nur von einem doppelt so hohen Tisch zu essen.

Passend zu dieser Lektion hat die Centrale Marketing-Gesellschaft der Agrarwirtschaft (Werbespruch: »Bestes vom

Bauern«) eine Pressemitteilung herausgegeben. Die CMA weist darin auf die steigende Nachfrage nach Bäckereierzeugnissen hin. Speziell bei jungen Leuten erfreuten sich Backwaren zunehmender Beliebtheit; selbst in Diskotheken seien Bagels, Wraps und Tortillas total angesagt.

Doch was fehlt auf der Rangliste populären Partyproviants? Völlig zu Unrecht das bewährte Bütterken! Die CMA hat das Problem erkannt: »Gerade als schneller Snack ist der Retro-Klassiker Butterbrot ideal«, so wirbt sie und macht durch die raffinierte Wortwahl der Jugend das Bütterken wieder schmackhaft: So uncool ein Leberwurstbrot ist – mit einem »Retro-Klassiker« in der Hand kann man sich jederzeit auf der Tanzfläche sehen lassen.

Dieser Trick ist auch für Eltern jüngerer Kinder interessant: Wenn Ihre Blagen das nächste Mal ihr Pausenbütterken nicht mit in die Schule nehmen wollen, verkaufen Sie ihnen die Stulle als Trendgebäck oder angesagten Fingerfood-Hit. Sie werden vor lauter Bütterkenschmieren nicht mal mehr dazu kommen, die Honigflecken aus dem Flokati zu entfernen.

Zusatzvokabel: Hasenbütterken

Als Hasenbütterken bezeichnet man Butterbrote, die z.B. von der Arbeit oder einem Ausflug wieder mit nach Hause gebracht und dann umso genüsslicher am heimischen Küchentisch verzehrt werden. Oft isst man »überkreuz«, d.h. der Vater vertilgt abends die von den Kindern verschmähten Schulbrote, während die Kinder begeistert zu Vaters aus Zeitnot unangetasteten Frühstücksstullen greifen.

Hasenbütterken erkennt man an der harten Kruste und den sich nach außen biegenden Kanten, am glasigen Käserand und dem bunt schillernden Schinken. Der Belag ist frei wählbar, jedoch scheiden Mett, rohe Eier und doppelt auf-ge-wärmter Spinat unter ernährungshygienischen Gesichtspunkten als Hasenbütterkenbelag aus. Warum Bütterken, die den Tag in Tornistern, Aktentaschen und Rucksäcken verbracht haben und nach dem Motto »Morgens geschmiert, abends probiert« vertilgt werden, so unvergleichlich gut schmecken, bleibt ein Rätsel – ebenso wie die Herkunft des Namens.

Rührt die Bezeichnung »Hasenbütterken« daher, dass Rundbrote, wenn sie sich nach einem Tag in der 40 Grad warmen Schulranzenvortasche durchgebogen haben, den Löffeln (Ohren) von Hasen gleichen? Wesentlich nachvollziehbarer klingt die Erklärung, die übrig gebliebenen Bütterken seien von der nutztierhaltenden Landbevölkerung Ostwestfalens an Stallhasen verfüttert worden. Das Grimmsche Wörterbuch wiederum weiß zu berichten: »Hasenbrot ist ein Kinderwort für Brot, das der Jäger nicht auf der Jagd verzehrt, sondern in seiner Jagdtasche wieder mit nach Hause bringt und als vom Hasen herrührend den Kindern gibt.«

Lektion 72

Gedöns

Bedeutung: *Unnützes, Wertloses, nicht näher Bestimmbares*

»Tut euer Gedöns vonnen Fußboden wech«, fordert der Vater seine Sprösslinge auf, wenn deren Oma über das Kabel der PlayStation gestolpert und auf den herumliegenden Spiele-Discs ausgerutscht ist. Mit seiner Wortwahl macht der Hausherr zweierlei deutlich: **1.** Er steht Produkten der asiatischen Unterhaltungsindustrie eher kritisch gegenüber. **2.** Er hat nicht die geringste Ahnung, wie er die modernen Spielgerätschaften seiner Kinder eigentlich benennen soll. Mit dem Ersatzwort »Gedöns« verschleiert er seine pädagogischen und sprachlichen Defizite, und außerdem schimpft es sich damit flüssiger, als wenn er die korrekte Bezeichnung »Spielkonsole inklusive der kabelgebundenen Gamepads« ausspräche.

Dabei ist der Begriff Gedöns eine eher schwache Beleidigung und enthält meist nur einen Hauch von Geringschätzung. Der Luftzug ist aber umso stärker, je wertvoller der Gegenstand ist, der damit bezeichnet wird. Fragt der Beifahrer im Auto: »Was baumelt denn da füan Chedöns an deim Rückspiegel?«, so ist das keineswegs diffamierend, denn eine Dufttanne »Apfel-Mokka«, die Diddl-Maus oder der Vereinswimpel vom FC Barfuß sind ganz objektiv betrachtet Gedöns. Das Wort wird hier im Sinne von Krimskrams gebraucht.

Bezeichnet aber jemand, wie im obigen Fall, hochwertige bzw. hochpreisige Markengeräte als Gedöns, drückt er damit seine subjektive Respektlosigkeit aus. Dann ist das Wort eindeutig herabwürdigend und erhält die Bedeutung von »Plunder«, »Krempel« oder »Gerümpel«. Die sprachgeschichtliche Verwandtschaft mit Wörtern wie »dehnen« und »aufgedunsen« macht es deutlich: Gedöns kennzeichnet etwas »Überzogenes«, dem größere Bedeutung beigemessen wird, als ihm vom Wert her zusteht (daher auch »Mach nich son Gedöns« für »Das ist Lärm um nichts« und »der Herr Gedönsrat« als bissige Bezeichnung für einen Oberlehrer).

Wenn – wie zu erwarten – die väterlichen Aufräumbefehle wirkungslos verhallen und daraufhin die Großmutter ein zweites Mal über das Kabel stolpert, was dann? Dann wird das vermeintliche Familienoberhaupt zu härteren sprachlichen Mitteln greifen, um wenigstens noch einen Restbestand an Autorität zu wahren. Die Fortsetzung des Familiendramas folgt in unserer nächsten Lektion, wenn wir den wirkungsvollen Einsatz des Wortes »Kroppzeug« kennen lernen.

Lektion 73

Kroppzeug

Bedeutung: *Wertloses, Störendes, Unrat, auch: Gesindel*

Wir repetieren: Eine Spielkonsole und der davon ausgehende Kabelsalat vor dem Fernseher sind schuld daran, dass die Großmutter spektakulär gestürzt ist. Ihr Schwiegersohn mahnt seine Kinder zum sofortigen Aufräumen des Wohnzimmers mit den Worten: »Tut euer Gedöns da wech!« Doch wie das immer so ist: Wenn es darum geht, das Universum von virtuellen Monstern zu befreien, sind die kleinen Helden unschlagbar. Soll aber das Wohnzimmer von realem Spielzeug befreit werden, sind sie unauffindbar. Um die Dramatik zu steigern, nehmen wir nun an, die ältere Dame stolperte erneut über das Kabelgewirr. Was jetzt?

Mit einer nur leicht abschätzigen Bezeichnung wie »Gedöns« ist es nun nicht mehr getan. Bislang war der Vater von dem PlayStation-Schnickschnack nur genervt, doch nun platzt ihm der Kragen. Durch ausgesuchte Wortwahl macht er deutlich, dass er das olle Ding am liebsten los wäre: »Wenn das hier in fümf Minuten nich wechgeräumt is, schmeiß' ichs innen Müll! Das Kroppzeuch will ich hier nich mehr ssehn!«

Jetzt müsste auch den nervigsten Blagen klar sein, wie ernst es dem Hausherrn mit der Entsorgung des elektronischen Kompaktgerätes ist. Denn als Kroppzeug bezeichnet man Unbrauchbares, Ungeliebtes, Unwertes, kurz: Überflüssiges. Jetzt müssen sie handeln, sprich aufräumen, denn es gilt, ihr geliebtes Spielzeug vor der Künsebecker Deponie zu retten.

Sprachgeschichtlich war das Wort »Kroppzeug« schon immer negativ besetzt. Es kommt von »krupen« = kriechen; als »Krop« bezeichnete man im Mittelalter kleine Lebewesen: Echsen, Schlangen, Würmer, kurz: alles, was über die Erde kriecht und krabbelt und auf der Zutatenliste für den Zaubersud einer Hexe stand. Dass das Wort regional auch für Säuglinge und Kleinkinder gebraucht wurde, widerspricht dem nicht.

Schon im 18. Jahrhundert verwendete man das Wort »Kroptüg« in der übertragenen Bedeutung für Pack und Gesindel. Heute bezeichnet Kroppzeug wert- und nutzlose Gegenstände – auf Personen bezogen ist das Wort deshalb besonders beleidigend, noch ehrverletzender sogar als die Beschimpfung »Gesocks«. Sollte die gestürzte Schwiegermutter den väterlichen Ausruf »Das Kroppzeuch will ich hier nich mehr ssehn!« missverstehen und nicht auf das Spielgerät, sondern auf sich beziehen, dürfte der Familienfrieden nachhaltig gestört sein.

Lektion 74

inne Dutten

Bedeutung: *kaputt, unbrauchbar*

Anwendungsbeispiel: »Wenn etwas inne Dutten geht, daaf man nich lang rumdameln, sondern muss sobutz was ausklamüsern, damit wieder alles inne Fissen is.«

Unser Anwendungsbeispiel definiert umfassend und eindeutig, was es heißt, wenn etwas »inne Dutten« oder auch »inne Dudden« ist. Aber wo genau ist das: »inne Dutten«? Auf welchen ominösen Ort bezieht sich diese Redensart? Das ist ungefähr die gleiche Frage, als würde man wissen wollen, wo der Eimer aus der Redewendung »Es ist alles im Eimer« steht. Der Eimer meint den Müll- und Abfalleimer, der symbolisch ausdrücken soll, dass eine unbrauchbar gewordene Sache entsorgt werden muss.

Nun ist der kippsichere Treteimer aus gebürstetem Edelstahl ein Kleinmöbel der *Neuzeit*. Wenn im *Mittelalter* in der Küche etwas zu Bruch ging oder zersplitterte, kam es in keinen Eimer, sondern wurde auf den Haufen hinterm Kotten geschmissen. Und der plattdeutsche Haufen ist ein Dutt – die gleichnamige Frisur beschreibt nichts anderes als einen »Haar-Haufen«.

Wenn ein Haus in sich zusammenfiel, lag es »in Dutten«. Wenn Wäsche oder Krimskrams ein unordentliches Knäuel bildeten, lagen die Sachen »in een Dutten«. Schließlich wurde der Begriff nur noch auf Kroppzeug bezogen: Alles, was man nicht mehr brauchen konnte,

kam inne Dutten bzw. mit moderneren Worten: auf die Müllhalde.
Wobei das durchaus auch im übertragenen Sinn verstanden werden muss. Denn es können ja nicht nur Gläser, Fernseher oder Autos inne Dutten gehen, sondern auch die eigene Leber, Firma oder Ehe. In diesem Fall sollte man vom Wegwerfen Abstand nehmen und sich stattdessen ans Reparieren machen, damit alles wieder »läuft wie 'n Dittken«. Und eben diese Redensart nehmen wir in der nächsten Lektion durch.

Lektion 75

Das läuft wie 'n Dittken

Bedeutung: *das rollt wie ein Groschen = das funktioniert hervorragend*

So ein kleines Wort: »Dittken«. Und so eine lange Geschichte, die sich dahinter verbirgt. Aber sie ist spannend, es kommen Münzfälscher, Könige und Adler drin vor. So viel vorab, um ein wenig Spannung aufzubauen und Sie trotz dieser etwas längeren Lektion bei der Stange zu halten …

»Das läuft ja alles wie 'n Dittken« ist der erfreute Ausruf, wenn etwas »rund läuft«. Dabei laufen Dittken heutzutage gar nicht mehr – im Gegensatz zur »Kipper- und Wipperzeit«. Damals, zu Beginn des Dreißigjährigen Krieges 1618, waren sie in viel zu großer Menge im Umlauf. Und das kam so:

Weil die fürstlichen Kriegsherren Geld brauchten, reduzierten sie während des Krieges systematisch den Silbergehalt ihrer Münzen. Das führte im Lauf weniger Jahre dazu, dass nur Münzen, die vor Beginn des Krieges geprägt worden waren und noch aus echtem Silber bestanden, wertvoll waren – während die neuen Münzen mit Kupfer gestreckt wurden und eigentlich nur besseres Spielgeld darstellten. Um nun die guten von den schlechten Münzen zu unterscheiden, benutzten die Bankiers und Händler kleine Wippen (= Waagen), mit denen man die gehaltvollen Münzen kippte (= aussonderte). Nun wissen wir zumindest, woher die Kipper- und Wipperzeit ihren Namen hat – jetzt kommen wir zum versprochenen König und damit fast schon zum Dittken.

Der ebenso beliebte wie beleibte König Sigismund der Alte hatte sich die Pöstchen »Herzog von Schlesien«, »Großfürst von Litauen« und »König von Polen« gesichert und in seinem Reich eine gehaltvolle Silbermünze zu 3 polnischen Groschen eingeführt. Im Verlauf der Kipper- und Wipperzeit ereilte diese Münze das oben beschriebene Schicksal: Tausende der »Silbermünzen« wurden in Wirklichkeit aus Kupfer hergestellt und gebeizt, um ihnen einen silbrigen Glanz zu verleihen und so dem Geschäftspartner den fehlenden Silbergehalt zu verheimlichen. Eine Zeit lang ging das gut, doch schließlich wollte niemand mehr den Sigismund'schen Dreigröscher annehmen. Soweit zum posthum diskreditierten König Sigismund – jetzt fehlt nur noch der Adler, und das Geheimnis um das Dittken ist gelüftet …

Die polnischen Münzen zeigten den polnischen Reichsadler. So wie die Deutschen ihrem Bundesadler den wenig charmanten Beinamen »fette Henne« gegeben haben, so nannten die Polen ihren stolzen Adler spöttisch »dudek« – zu Deutsch: Wiedehopf. Diese im Deutschen zu »Düttchen« abgewandelte Bezeichnung wurde auf die Dreigroschenmünze übertragen. Im Volksmund hielt sich dieser Begriff und ging auf andere geringwertigere Münzen über. Im 20. Jahrhundert und in Ostwestfalen-Lippe angekommen, hieß der Ausdruck »Dittken« und bezeichnete ein 10-Pfennig-Stück.

Und weil man 10-Pfennig-Stücke eigentlich immer nur wahrnahm, wenn sie an der Kasse aus dem Portemonnaie fielen und über den Boden rollten, bekam das Dittken den Ruf des besonders bewegungsfreudigen Zahlungsmittels. Wenn eine Sache so rund läuft wie ein davonrollender Groschen, dann läuft sie also wie ein Dittken …

Lektion 76

inne Fissen

Bedeutung: *in Ordnung*

Anwendungsbeispiel: »Iss euer Omma denn immer noch sso schlecht zufrieden?« – »Nää, die ist wieder gut beinander. Die war ja eintach nachem Aazt wegen ihrm Hearzen, aber der Doktoar sacht, getz is wieder alles inne Fissen.«

In der vorletzten Lektion konnten wir klären, an welchem Ort sich ein Gegenstand befindet, der »inne Dutten« ist (nämlich auf dem Abfallhaufen). Jetzt beschäftigen wir uns quasi mit dem Gegenteil: Wo muss man etwas suchen, das »inne Fissen« ist?

Antwort: Man muss gar nicht suchen. Denn wenn etwas »inne Fissen« ist, ist es in Ordnung, und wo Ordnung herrscht, ist alles schnell zur Hand (wobei mangelnde Ordnungsliebe auch Vorteile hat: Man findet ständig und unerwartet längst vergessene Gegenstände ...).

Apropos schnell zur Hand: Schnell und behände mussten die Frauen sein, die im ostwestfälischen Textilgewerbe der letzten Jahrhunderte arbeiteten und dort täglich etwas »inne Fissen« brachten – nämlich gesponnenes Garn. »Fissen« oder auch »Fitzen« bezeichnet eine Garnsträhne, eher noch einen dickeren Faden, mit dem Garn beim Spinnen zusammengebunden wurde (so sind »Fissen« sprachgeschichtlich verwandt mit der »Fessel«). Wer etwas in die Fissen brachte, hatte also seine – ziemlich friemelige – Arbeit ordnungsgemäß erledigt.

Das Bild eines Ordnung schaffenden Fadens existiert nicht nur in der Redensart »etwas ist inne Fissen«. So hoffen wir, dass unser Lebensfaden mittelfristig nicht reißt, und achten beim Plausch mit dem Nachbarn darauf, dass der Gesprächsfaden nicht verloren geht. Auch kann man etwas geschickt einfädeln, so wie die britische Marine, die durch all ihr Tauwerk einen roten Faden gezogen hat, der die Seile als Besitz der Krone ausweist. So geht kein Tau verloren, und bei der jährlichen Inventur ist immer alles o.k. – oder wie es im Kreis Gütersloh heißen müsste: i.F.

Lektion 77

Latüchte

Bedeutung: *Laterne, Lampe*

Anwendungsbeispiel: »Käar, was isses duster hiear, mama die Latüchte an!«

Da war also dieser römische Legionär, der irgendwie das Gemetzel der Varus-Schlacht heil überstanden hatte, sein Schwert gegen einen Pflug eintauschte und im nördlichen Osnabrücker Land eine nette und für ihre Zeit ungewöhnlich emanzipierte Bauerstochter zur Frau nahm. Als Eheleute führten die beiden fortan den Doppelnamen Maximus-Piepenbrink; ihre zwei Kinder nannten sie Flavius-Hinnerk und Frauke-Octavia.

Der elterliche Hof wurde zu klein, die Familie musste umziehen – aber wohin? *Sie* wollte nach Bramsche, *er* nach Brescia, der Kompromiss hieß Brockhagen. Dort gründeten sie eine Lampion-Manufaktur, was sich langfristig als wirtschaftliche Fehlentscheidung erwies (Stichwort »das finstere Mittelalter«). So verliert sich die Spur der Maximus-Piepenbrinks trotz ihrer Laternen-Fabrikation im Dunkel der Geschichte …

Zugegeben, diese Begebenheit ist nicht in allen Details wissenschaftlich belegt. Allerdings erklärt sie schlüssig und befriedigend, wie sich eine sprachhistorische Kuriosität wie die »Latüchte« im Kreis Gütersloh etablieren konnte – ist die Latüchte doch ein eigentümlicher Vokabelmix aus der lateinischen »laterna« und der plattdeutschen

»Lüchte«, also quasi römisches Platt bzw. plattdeutsches Latein, wie es im Hause der Maximus-Piepenbrinks gesprochen worden sein mag.

Oder auch nicht. Was kümmert uns die sprachgeschichtliche Entstehung des Wortes, wirklich wichtig für unseren Kursus ist allein der heutige Gebrauch. Und da müssen Sie wissen, dass Sie mit »Latüchte« nicht nur die ursprünglich gemeinten Laternen und Leuchten bezeichnen können, sondern die unterschiedlichsten Lichtquellen: von der Fahrradlampe (»Bisste lehmsmüde!? Um halb siehm ahms Fahrrad fahren ohne Latüchte an – so wiarsse nich alt!«) über den Autoscheinwerfer (»Hömma, die linke Latüchte von deiner Nuckelpinne ist inne Dutten!«) bis zum kristallbehangenen Kronleuchter (»Letztens ham wa eintach Schloss Bückebuarch besucht – Junge, Junge, da hammse ganz nette Latüchten anna Decke baumeln.«).

Wo Licht ist, sind auch Kurzschlüsse. Doch auch bei einem Blackout findet das Wort Anwendung – zum Beispiel am Neujahrstag: »Käar, gestean habbich aber ganz schön ein' inna Latüchte gehabt …«

Lektion 78

Kabitt geben

Bedeutung: *Dampf machen, Druck ausüben, aufs Tempo drücken*

Anwendungsbeispiel: »Keär, diesen tranklötigen Drämelpott auffem Bauamt kommt nich inne Puschen mitte Genehmigung füars Gaatenhäusken.« – »Na, dann cheh moang früh nachen Amt hin und chib ihm Kabitt!«

Was hat Hunteburg, ein Dörfchen an der Grenze zwischen Niedersachsen und Ostwestfalen, was es im gesamten Kreis Gütersloh nicht gibt? Hunteburg hat einen KBV – einen Karbid-Böller-Verein! Die (zu niemandes Überraschung alle männlichen) Mitglieder nutzen Karbid – die brennbare Verbindung aus Kohlenstoff und Metall, mit der früher Latüchten (Gaslampen) gespeist wurden – für ein schönes Lärmbrauchtum: Zu kirchlichen Anlässen wie Fronleichnam oder bei Hochzeiten feuern sie mit kleinen, vom Pastor gesegneten »Kirchenkanonen« Böllerschüsse ab.

Der Sparzwang kirchlicher Institutionen lässt befürchten, dass eine größere Bestückung Güterslöher Gotteshäuser mit Kirchenkanonen auch in Zukunft nicht erwogen wird. Dabei wäre durchaus Karbidböller-Know-how im Kreis vorhanden. Denn die heimische Jugend (und nicht nur die) erfreute sich bis zum Ende der 1950er Jahre an der aus gutem Grund streng verbotenen Böllerei mit – Milchkannen!

In Rietberg-Mastholte beispielsweise hatten die Volksschulabgänger 1954 aus einer Schweißerwerkstatt einige Brocken

Karbid entwendet, um am Morgen der Entlassungsfeier ihren Lehrer Hollenbach spektakulär zu wecken. Die ganze Schulzeit über hatte dieser seinen Schülern reichlich Kabitt gegeben (d. h. im übertragenen Sinne: »zu Höchstleistungen angespornt«) – nun wollten die Pennäler mal umgekehrt ihrem Pauker Kabitt geben (d. h. im wörtlichen Sinne: »zeigen, dass sie zumindest in Chemie einige Grundkenntnisse erworben hatten«).

Dazu bohrten die Schüler ein winziges Loch in den Boden einer Milchkanne. In die Kanne selbst gaben sie das Karbid, das zur Vorbereitung auf die chemische Reaktion angefeuchtet wurde. Schließlich hielten die Milchkannen-Kanoniere ein Streichholz an die Öffnung im Gefäßboden – und rumms! Mit einem lauten Donnerschlag (»sso richtich mit Kabitt!«) flog der Kannendeckel durch die Luft, landete auf einem angrenzenden Kuhstall und zerdepperte mehrere Dachpfannen.

Weitere Salutschüsse und Ehrensalven wurden durch den Hofbesitzer unterbunden, der umgehend die Entmilitarisierung Mastholtes durchsetzte, den Milchkannenmörser konfiszierte und als Reparationszahlung fünf neue Dachpfannen festsetzte. Eine noch recht milde Strafe, denn natürlich war und ist das ungeübte Hantieren mit Karbid im wahrsten Sinne des Wortes brandgefährlich: Als Mitglied im KBV müssen Sie eine staat-liche Erlaubnis zum Karbidböllern nach §27 des Sprengstoffgesetzes besitzen …

Lektion 79

Schleif

Bedeutung: ***1.*** *Schöpfkelle, gelegentlich auch* **2.** *Schlingel*

Anwendungsbeispiel: »Die Tage wollt ich dem lütten Enkel vom aulen Geisenhanslücke 'nen Klümsken gehm, da packt dieser Schleif doch glatt mit beiden Händen in meine Bömskentüte rein!« – »Chenau wie sein Oppa! Das is auch sson Gierigen, der kennt kein Maß! Der nimmt sich 'n Schluck mit 'm Schleif!«

Den fast ausgestorbenen Begriff »Schleif« (das »ei« gesprochen wie im englischen »they«) muss man im Kreis Gütersloh mittlerweile lange, aber nicht vergebens suchen. Man findet ihn zum Beispiel in einem Kochbuch der Verler Landfrauen, in deren Pfannekuchen-Rezept es heißt: »Füllen Sie mit einem Schleif eine passende Menge Teig in die Pfanne ...«.

Wie viele Hektoliter fertig angerührten Pfannekuchenteigs wohl schon ungebraten blieben, weil kein Leser ein solches Küchenwerkzeug zu besitzen glaubte? Was immer noch besser ist, als wenn jemand den »Schleif« nur in der übertragenen Bedeutung von »Rotzlöffel« kennt und deshalb versucht, einen flegelhaften Nachbarsjungen zur Pfannekuchen-Zubereitung zu rekrutieren ...

Die Herkunft des Begriffes gibt einmal mehr Rätsel auf. Der eigenartige »ei«-Laut klingt eher ostpreußisch als ostwestfälisch. In einem Buch zum Brauchtum der Masuren findet sich tatsächlich eine Spur. Zu festlichen Anlässen, heißt es dort, wird heimisches Bier aus einer großen Kanne an alle Feiernden mithilfe eines hölzernen »Schlöfs« ausgeschenkt. Könnte dieser »Schlöf« nicht die kreative Abkürzung für einen »Schöpflöffel« sein?

Leider bekommen ausgebildete Linguisten bei dieser Theorie Bauchschmerzen, als läge ihnen ein Schlöf quer im Magen. Außerdem erklärte sich selbst damit nicht, wie aus dem Königsberger »Schlöf« ein Kaunitzer »Schleif« wurde. Und einen ähnlichen Brauch wie den ostpreußischen gibt es hierzulande nicht – zum Glück, wie man anfügen möchte. Denn würde es die Tradition verlangen, Steinhäger Wacholderschnaps stets schöpflöffelweise auszuschenken, es wäre wohl um die Arbeitsmoral und die Produktivität am Wirtschaftsstandort Ostwestfalen-Lippe geschehen …

Eine schöne Geschichte zum Schleif erreichte den Verlag – man lese und staune – aus der Schweiz. Eine Exil-Gütersloherin, die es von Avenwedde aus in die Alpen gezogen hat, ließ uns eine interne Familien-Anekdote zukommen. Hauptfigur darin ist ihre Venjakob'sche Urgroßmutter aus Tippe, die eine ganze Fußballmannschaft von Kindern ihr Eigen nannte, darunter Hans, seines Zeichens Schlingel und Vollzeitblag. Eines Mittags wollte Urgroßmutter Venjakob ihre versammelte Familienbande mit je einem hennigen Löffel Suppe versorgen, sah sich aber vor ein praktisches Problem gestellt: »Kär, wo is denn der Schleif nu schonn wieda hin???« Worauf sich der kleine Hans entrüstet mit den Worten bemerkbar machte: »Ich *sitte* hier doch!«

Lektion 80

Botten

Bedeutung: *Kinder*

Anwendungsbeispiel: »Voarhin wär sich unser Omma beinah gefalln, hier bei uns im Fluar. Die Botten und die Töle finn 'n aber auch immer chrade *die* Stelle inna Wohnung, wo se am meisten im Weech stehn.«

Botten sind überregional bekannt als Bezeichnung für festes, leicht verösseltes Schuhwerk – als Ausdruck für Kinder sind Botten aus dem aktiven Sprachschatz vieler Bewohner des Kreises Gütersloh verschwunden. Dabei kennt die Region viele Redensarten, die sich mit dem Kinderkriegen und -haben beschäftigen. Noch vor wenigen Jahrzehnten wusste der Volksmund zu reimen: »Reicher Bauer, viele Kotten; armer Bauer, viele Botten.« Offensichtlich wirkte sich Kinderreichtum negativ auf den materiellen Wohlstand aus. Etwas derber formuliert: »Nen Hauben Swiene makt dat Fauer dünne«, d.h., wer viele Schweine besitzt, muss das Futter strecken.

Und das sind nicht die einzigen Sorgen, wie man der Wendung »Viel Kinner, viel Vadderunser« entnehmen kann. Besonders hart trifft es Eltern, wenn der Nachwuchs die in ihn gesetzten hohen Erwartungen nicht erfüllt: »Dat Kind ssollt 'n Smandliarpel wäien und is doch blaut 'n Schleif woarn.« = Das Kind sollte ein Sahnelöffel, d. h. etwas Besseres, werden und wurde doch nur ein Schleif, eine Schöpfkelle, d. h. etwas Gewöhnliches. Bei aller verständlichen Enttäuschung – nicht ganz grundlos lautet die Redensart: »Der Appel fällt nich weit vom Fäard« …

Dass Kinder die Zukunft sind, wissen alle Institutionen, die Nachwuchsarbeit leisten. Als vorbildliches Beispiel ist da der Posaunenchor des Evangelisch Stiftischen Gymnasiums in Gütersloh zu nennen. Vor allem deshalb, weil dessen Nachwuchsabteilung ganz im Sinne unseres Sprachkurses »Bottenchor« heißt. Hier lernen die Botten – so chorintern die offizielle Bezeichnung für alle Mitglieder, die noch keine Aufnahmeprüfung absolviert haben – das Spielen in einem Chor und nach einem Dirigenten.

Auf welche Altersgruppe der Begriff Botten anzuwenden ist, kann man pauschal nicht sagen. So muss er nicht einmal auf Kinder im engeren Sinn bezogen sein. Dazu ein Beispiel. Zwei Mittzwanziger erblicken auf der Tanzfläche ihrer Lieblingsdiskothek eine Gruppe Teenager und sind sich einig: »Voar Mittanacht brauchse echt niargens hingehn. So früh is überall absoluter Bottenalarm – nur Grünzeuch untawechs.« Mit exakt demselben Satz haben die so titulierten tanzwütigen Teenager, gerade 18 oder 19 Jahre alt, zuvor die Oberstufen-Party verlassen, weil ihnen dort zu viele 15- und 16-jährige »Kinder« herumliefen. Übrigens: Das Sprachbeispiel ist authentisch und stammt – von einer Ü30-Party …

Lektion 81

Lernkontrolle II

Wie gut beherrschen Sie als Neubürger im Kreis Gütersloh die Sprache der Einheimischen schon? Einfach die Punkte hinter den von ihnen für richtig gehaltenen Antworten zusammenzählen – die Auswertung finden Sie auf *Seite 117.*

Welcher Satz ist ab und zu von ostwestfälischen Eltern zu hören?

a) »Auch wenn Kinder bisweilen etwas Arbeit machen, so sind sie doch ein Quell ständiger Freude.« (0 Punkte)

b) »Was dömpkert denn da? Getz sach bloß, die Blagen ham sich 'n Püffken gemacht?! Das iss ja lehmsgefährlich! Und der Lütte kokelt mitte Stöcker da drin rum …« (10 Punkte)

c) »Ears duarche Motsche und dann mit die Drecksmauken übearn Pearser tapern – mitte Blagen hasse nix wie Brassel!« (10 Punkte)

d) »Cheh bei die Kadienen wech! Du solss die nich anpacken mit deine Modderhände! – Kannsse nich hörn? Du krisse gleich! – Na waate, getz chibts Pöterklatsche!« (10 Punkte)

Mit welchen Worten motivieren Eltern im Kreis Gütersloh ihren lernschwachen Nachwuchs zur zeitnahen Erledigung der Schularbeiten?

a) »Hast du deine Mathematik-Hausaufgaben bereits erledigt? Na, dann beeile dich bitte damit. Mit deiner Intelligenz müsstest du das Klassenziel eigentlich locker erreichen. Dir fehlt es nur an der nötigen Konzentration … und am Ehrgeiz.« (0 Punkte)

b) »Hasse das Rechnen schon raus? Na, denn ma tengern! Wennde mit deiner Intellenz sitzen bleibs, bisse das selber in Schuld. Aber wiede da wieder rumdölmerss ... da sieht man gleich, dassde keine Lusten hass.« (10 Punkte)

Wer als ein echter Ostwestfale akzeptiert werden will, muss sich am Klatsch und Tratsch beteiligen können. Welche der beiden folgenden nachbarschaftlichen Charakterstudien ist nicht konstruiert sondern ein O-Ton vom Gartenzaun?

a) »Irmgards Mann mag nicht der fleißigste sein, und er könnte auch ein wenig mehr auf sein Äußeres achten. Aber dafür ist er ihr immer treu gewesen, das muss man ihm lassen!« (0 Punkte)

b) Iarmgaads Kall-Heinz? Watten drämelgen Schlonzkopp das doch is – sonn richtigen Schweinepuckel. Und das Schlimmste: sonn treun Schluffen, wie das der is, wiardse den ja nie wieder los …!« (10 Punkte)

Lektion 82

Krösken

Bedeutung: *(halboffizielles) Liebesverhältnis*

Anwendungsbeispiel: Die Ehefrau des Direktors zu dessen neuer Sekretärin: »Ich hoffe nur, Sie fang' nicht wie Ihre Vorgängerin 'n Krösken mit ihm an. Sonst sind Sie hier wie Ihre Vorgängerin die längste Zeit Sekretärin gewesen.« – »Wer war denn meine Vorgängerin?« – »Ich.«

Eine Liaison, eine Liebelei, eine Romanze, eine Affäre – keines der Wörter trifft exakt die Bedeutung des Kröskens. Die Liaison ist zu vornehm (wir sind hier ja nicht am Montmartre, sondern in Mastholte), die Liebelei zu oberflächlich, die Romanze zu schwärmerisch und die Affäre zu stürmisch. Aber was ist nun genau das Besondere daran, wenn »zwei ssonn Kröösken mittenander ham«? Nun, ganz unromantisch betrachtet liegt bei einem Krösken folgender Sachverhalt vor: **1.** Ein Pärchen hat zusammengefunden. **2.** Niemand darf davon wissen. **3.** Jeder weiß davon.

Für die Punkte 1 und 2 sind die beiden Partner selbst verantwortlich, um Punkt 3 brauchen sie sich nicht zu kümmern. Der sonst so mundfaule Ostwestfale entwickelt nämlich ungeahnte kommunikative Fähigkeiten, wenn es darum geht, die Nachricht eines vor- oder außerehelichen Liebesverhältnisses zu verbreiten.

Im publizistischen Übereifer soll es hin und wieder sogar vorkommen, dass Punkt 3 bereits vor dem Punkt 1 erfüllt ist und die beiden Protagonisten als stadtweit einzige Personen noch nichts von ihrem Glück wissen. Sich über die moralischen Fehltritte anderer zu empören, ist nämlich ein beliebtes Hobby. Ein Beispiel dafür schildert eine altbekannte Anekdote, die an dieser Stelle der niemals nachlassenden Aktualität wegen dennoch zitiert sei.

Da trifft sich die junge Frau Pohl, deren Mann sie bei einem Klönabend mit Freundinnen wähnt, heimlich mit ihrem alten Schulfreund – der Krösken-Klassiker. Beide sitzen Händchen haltend in einem Restaurant, als die Nachbarn der Pohls, die Eheleute Bölterkamp, am Nebentisch Platz nehmen. Das heimliche Paar verlässt daraufhin fluchtartig die Lokalität und berät stundenlang, wie die verfahrene Situation zu retten und das Rendezvous vor dem Ehemann geheim zu halten sei. Schweren Herzens entschließt sich Frau Pohl dazu, am nächsten Morgen bei den Bölterkamps zu klingeln. Mit hochrotem Kopf bittet sie Herrn Bölterkamp inständig um absolute Verschwiegenheit über das am Vorabend Gesehene. »Keär, das is ja man wiaklich Pech«, beantwortet der noch im Pölter befindliche Nachbar das flehentliche Gesuch, »meine Frau isser grade mit los nachem Bäcker hin.«

Lektion 83

Maßeinheiten

Den kargen Böden des Kreises Gütersloh war in früheren Zeiten kaum etwas abzuringen. In guten Jahren ernteten die Bauern wenig, in schlechten weniger als wenig. Eine Vokabel, die eine große Menge beschreibt, brauchte man da offenbar nicht. Um Fülle oder Überfluss auszudrücken, entwickelte der Gütersloher allein die Vokabel »massich« (»Was heißt, du hast nix anzuziehn? Da häng' doch massich Kleider im Schrank!«), oder er greift auf die Verstärker »dearbe« und »oantlich« zurück (»Du rüarst aber dearbe viel Butter innen Kuchenteich!« – »Jau, ich sach mir immer: Tu man oantlich bei; da kannse nix mit vardäaben.«).

Demgegenüber steht eine Fülle von Ausdrücken, mit denen der bekanntermaßen bedürfnislose Gütersloher kleine Maßeinheiten benennt. In seiner Genügsamkeit verzichtet der Dalkestädter, der einer Redensart nach sogar noch »auf dem Eise grasen kann«, auf Messbecher, Zollstöcke, Waagen oder andere teure Messinstrumente. Stattdessen nutzt er zur Bezeichnung geringer Mengen, Strecken und Gewichte sein umfassendes Vokabelrepertoire: vom Stücksken übers Ecksken bis zum Endken, vom Tuck übern Tacken bis zum Itzken, vom Stritz übern Klacks bis zum Klöttken.

Einziges Problem dabei: Jeder Gütersloher ist sein eigenes Eichamt. Da der Kreis rund 350.000 Einwohner hat, existieren ebenso viele Umrechnungstabellen und Meinungen, welcher hochdeutschen Maßangabe zum Beispiel »1 Itzken« entspricht. Wird an der Essensausgabe um einen »Klacks« Soße gebeten, dann mag ein spilleriges Mickermännchen damit einen halben Esslöffel meinen, aber wer so ein »richtig hennigen Kawenzmann« ist, der verlangt mit dieser Bestellung eher eine Schöpfkelle voll.

Ein »Tacken« kann gar für so unterschiedliche Größen stehen wie anderthalb Meter (»Neenochma, der FC hat schon wieder übers Toar geballert. Der Schuss war nich' schlecht, aber 'n Tacken zu hoch.«), einen Neigungswinkel von 10 Grad (»Getz noch 'n Tacken weiter runter, und das Bild hängt so gut wie fast grade.«), 20 PS (»Muss du immer so pesen? Ich wüard ganz gerne lebend zu Hause ankomm'. Fahr ma' bitte 'nen Tacken langsamer!«) oder 30 IQ-Punkte (»Der eine Kandidat in dem Kwiss war ja schon bestusst: Der dachte, eine Eselsbrücke sei ein Zahnersatz für Grautiere. Aber der andere Kandidat war sogar nochen Tacken dööfer: Der wusste nichma, wann die Sixtinische Kapelle ihre letzte CD aufgenomm'n hat!«).

Gütersloher Maßeinheiten mit exemplarischer Umrechnung:

1 Stritz = 20 ml:	»Milch zum Kaffee? « – »Jau, bitte, aber nuar sonn Stritz.«
1 Stücksken = 300 g:	»Ich hätt' gern sonn Stücksken vonna Biearwuarst.«
1 Tuck = 3 cm:	»Noch 'n Tuck nach hinten, und das Real steht genau anner Wand.«
1 Klöttken = 1 ccm:	»Ich nehm zehn Klöttken Zucker innen Kaffee – aber bitte nich' umrüarn, sonss wird er dearbe süß.«
1 Klacks = 1 Esslöffel:	»Sandkuchen ohne was drauf is ja ma 'n dröges Zeuch – tu mich da ma noch sonn Klacks Sahne bei.«
1 Itzken = 1 cm:	»Mein Autofenster stand nua sson winziges Itzken auf, aber das reichte dem Gesocks, um mein Radio da wechzuholen – vadorrichnocheins!«

hibbelig und fickerig

Bedeutung: *unruhig, aufgeregt, zappelig, nervös*

Verler und Versmolder, Wiedenbrücker und Wertheraner, Harsewinkler und Herzebrocker drämeln und drömmeln normalerweise, d. h., sie lassen sich nicht aus der Ruhe bringen und haben auf den drängenden Befehl »Nu machma tengern!« nur ein »Flötepiepen!« übrig. Dass ein Hiesiger fahrig, unruhig und nervös wird, scheint schon früher ein so mitteilungswertes Ereignis gewesen zu sein, dass sich dafür im Ostwestfälischen einige Fachbegriffe heranbildeten.

Wühlt in Gütersloh ein als abgebrüht geltender Rechtsanwalt plötzlich hektisch in seinen Schreibtischschubladen, fragt ihn seine Sekretärin besorgt: »Was sindse denn heut sso hibbelich?«, bevor sie die Staatsanwälte mit dem Durchsuchungsbefehl hereinbittet. Fängt in Langenberg das sonst so wortkarge Kind an der Supermarktkasse an zu quengeln, beendet die Mutter die Disskussion um den Einkauf von Schlickersachen mit den Worten: »Getz hibbel hier nich sso rum!« Kommentiert ein Wiedenbrücker Angler an der Ems nach drei wort- und regungslos verbrachten Stunden den ausbleibenden Fangerfolg mit: »Beißen heut nich«, bölkt ihn sein Nachbar an: »Wolln wa hier angeln oder rumquasseln? Getz vabreit ma' keine Hektik, oller Hibbelkopp!«

Synonym für »hibbelig sein« wird auch die Wendung »fickerig sein« gebraucht: »Hör auf, so hibbelich zu sein –

das macht mich ganz fickerich!« Beide Wörter beschreiben den unruhigen Körper, in dem ein unruhiger Geist wohnt: »Hibbelig« ist über »hoppeln« und »hoppen« verwandt mit »hüpfen« (bzw. »hüpkern«, wie man hierzulande sagt). Es heißt also eigentlich »hüpferig« und beschreibt das bei Nervösen zu beobachtende ständige Auf- und Abwippen mit den Füßen.

»Fickerig« stammt von dem Verb, von dem man denkt, dass es daher stammt, das aber noch im 15. Jahrhundert ausschließlich die Bedeutung »etwas hin- und herbewegen« hatte. Wer sich zum Beispiel ständig mit den Fingern durch die Haare fährt und seine Körperhaltung im Zwei-Sekunden- Rhythmus wechselt, ist offensichtlich fickerig. Falls solch komisch wirkende Bewegungen nicht unterbewusst, sondern absichtlich geschehen, sprechen wir davon, dass jemand »Faxen macht« – sprachgeschichtlich ein direkter »fickerig«-Verwandter.

Was kann man dagegen tun, dass jemand hibbelig oder fickerig ist? Am besten gar nichts. Die Erfahrung zeigt: Nur ein in Ruhe gelassener Mensch wird in Ruhe ein gelassener Mensch.

Lektion 85

Brass

Bedeutung: *Brass = Wut, Zorn, Ärger / in Brass = wütend*

Anwendungsbeispiel: Dicke Luft im Büro: »Kär, was hat Scheffe mich grade angebölkt. Der is aber so richtich innen Brass.« – »Ach, da nimm dich ma' nix von an. Der hat ja zu Haus' sson Brassel mit seiner Frau; da ssoll das wohl von komm'.«

In den nächsten beiden Lektionen wird es kompliziert. Wir wenden uns den Feinheiten der Gütersloher Sprachlehre zu: dem Unterschied zwischen Brass und Brassel. Der ist umso schwieriger nachzuvollziehen, als beide etwas Unangenehmes bezeichnen und man sowohl Brass als auch Brassel gemeinhin aus dem Wege gehen möchte. Aber es nützt ja nichts: Der nächste Vokabeltest kommt bestimmt, und bis dahin müssen beide Begriffe sitzen …

»Bras«, das Grundwort der beiden Wörter, stand im 14. Jahrhundert für Lärm. Wenn die Burgherren beim abendlichen Umtrunk besonders laut wurden und die ritterliche Runde zu einem liederlichen Gelage verkam, wurde an der mittelalterlichen Tafel »gebrast« bzw. »geprasst«, d. h. gelärmt. (Weil man schon früh einen Zusammenhang zwischen der Lautstärke abgesungener Stimmungslieder und der Anzahl geleerter Bierfässer erkannte, gebrauchen wir heute »prassen« im Sinne von »übertrieben konsumieren«.)

Wenn ein Vorgesetzter, der wegen der vorabendlichen Niederlage seines Fußballklubs ohnehin schon leicht »bräsig«

ist, nun einen seiner Angestellten dabei erwischt, wie dieser während der Arbeitszeit im Internet surft, und das auch noch ausgerechnet auf den Seiten von kicker.de – dann wird es im Büro derart laut, dass der Ärger des Chefs nur noch mit dem Wort »Brass« angemessen wiedergegeben werden kann. Bei einem Colonel der britischen Streitkräfte könnte man auch das mit dem Brass verwandte Adjektiv »brash« benutzen, das der Engländer ebenso für aufdringlich laute Musik wie für aufbrausendes Verhalten verwendet.

Das Beruhigende an den Wutausbrüchen in Westfalen wie in Westminster: Der Brass beschreibt eine plötzlich auftretende, aber auch ebenso schnell wieder abebbende Gefühlswallung – nach ein paar Minuten haben sich alle wieder lieb. Es sei denn, die Beteiligten haben außerdem gewaltigen »Brassel am Kopp«, der die seelische Ausgeglichenheit längerfristig verhindert. Mehr dazu in der nächsten Lektion, in der wir lernen, wie ein lautstarkes Schlemmerfest trinkfester Ritter zu Stress ausarten konnte, d. h. wie aus dem »Prassen« der »Brassel« wurde.

Lektion 86

Brassel

Bedeutung: ***1.*** *Arbeitsdruck, Stress, Ärger,* **2.** *Plunder, Haufen, Kram*

In der letzten Lektion lernten wir, dass »Bras« im Mittelalter »Lärm« bedeutete. Und weil es bei einem Fressgelage im Burgsaal besonders laut wurde, stand das Prassen, also das Lärmen, bald für einen ausschweifenden und verschwenderischen Konsumgüterverbrauch*). Bras war damit auch der Ausdruck für eine »viel zu große Menge«, gemessen am eigentlich Notwendigen.

Wer prasst, hat also offensichtlich mehr, als er braucht. Solange sich dieses »mehr« auf Geld, Klamotten oder Bratskartoffeln bezieht, kann der Mensch das Leben in vollen Zügen genießen. Wenn es aber Aufgaben, Pflichten und Termine sind, von denen er zu viele hat, und er Überfülle allein in Bezug auf zu erledigende Arbeit kennt, dann bekommt Bras plötzlich eine negative Bedeutung. Dann hat er nämlich Stress – oder auf ostwestfälisch »ein' Brassel am Hals, dass er chanz mitte Näaven fäattich is.«

Es gibt jedoch Leute, die empfinden ständigen Arbeitsdruck nicht als Brassel. Es sind Menschen, die einen ausgefüllten Terminkalender als Beweis für ein ausgefülltes

---

**) Dasselbe Szenario finden wir in der Redewendung »in Saus und Braus leben« wieder: Ursprünglich heißt dies tatsächlich nichts anderes als »in Krach und Lärm leben«. Wo beim Essen gelärmt wird, kommt offensichtlich mehr auf den Tisch als nur Graupensuppe mit Grahambrot.*

Leben halten. Doch auch die kennen die Vokabel dieser Lektion. Weil sie nämlich vor lauter Arbeit im Büro in ihrer eigenen Wohnung nicht zum Aufräumen kommen, sitzen sie nach Feierabend »in ihrn chanzen Brassel« – also einem Zuviel an Zeug, einem Durcheinander an Gedöns, im weiteren Sinne auch im Schlamassel.

Einerlei, in welcher Bedeutung der Brassel oder auch seine engen Verwandten Brass, Brast oder bräsig verwendet werden, irgendwie hat diese Wortfamilie immer mit Ärger zu tun. Also wünschen wir Ihnen, dass Sie diese Vokabeln möglichst selten brauchen. Und falls Sie doch einmal ein bisschen Ärger zu Hause oder im Büro haben, dann halten Sie sich einfach an das Rezept des alten Apothekers Groneweg: »Gegen kleinen Ärger helfen schnell und sicher große Sorgen.«

Lektion 87

Frostköttel

Bedeutung: *kälteempfindlicher Mensch*

Es gibt Leute, die meinen, im Süden sei die Lebensqualität höher als im Kreis Gütersloh – eine streitbare Meinung. Salzkotten zum Beispiel liegt im Süden. Wer glaubt, dort erwarte ihn »la dolce vita«, kann ja gerne dorthin ziehen. Wir raten davon ab, zumal Sie als Neubürger ja ohnehin gerade erst umgezogen sind und es doppelt schade wäre um die Fortschritte, die Sie bislang in unserem Sprachkursus Gütersloherisch gemacht haben.

Zugegeben, meist ist mit »dem Süden« eher Bayern oder die Toskana gemeint. Dort ließe es sich angeblich schon deshalb besser leben, weil die Sonne öfter schiene und es wärmer sei – ein Argument, das der Gütersloher nicht gelten lässt. Denn das Temperaturempfinden ist eine sehr subjektive Sache: Kalt ist es draußen nur, wenn man es als kalt empfindet. Behauptet man hingegen – Minustemperaturen hin, schneidender Wind her –, dass einem mollig warm ist, dann bricht das Argumentationsgerüst der Sonnenanbeter wie ein morscher Liegestuhl in sich zusammen. Dann ist es an der Copacabana nicht angenehmer als in Clarholz.

Um also allen Toskana-Urlaubern zu beweisen, dass die Natur auch den Kreis Gütersloh stets angenehm temperiert, handelt der Gütersloher im Winter wie folgt:

Bei +5 °C: Der Gütersloher Mieter dreht demonstrativ die Heizung ab. Zumal er sich darauf verlassen kann, dass seine zugezogenen, kälteüberempfindlichen

Mitbewohner über, unter und neben ihm die Heizungen voll aufdrehen und das Haus warm halten werden.

–1°C: Der Atem wird sichtbar. Die Katze will mit in die Falle (ins Bett). Der Gütersloher kauft sich bei Mano ein Eis und bestellt sich auf dem Weihnachtsmarkt ein kühlendes Bier.

–4°C: Es schneit. Die Katze will mit in den Pölter. Italienische Autos springen nicht mehr an. Der Gütersloher beschwert sich bei der Stadt, warum das Nordbad schon geschlossen habe. Schließlich sei durch einen gezielten Sprung schon vom Drei-Meter-Brett die Eisdecke mühelos zu durchbrechen.

–10°C: Der Atem wird hörbar. Deutsche Autos springen nicht mehr an. Der Gütersloher geht in den Stadtpark, um am Ententeich die Pinguine zu füttern. Im Mohns Park gibt der ESG-Posaunenchor ein Konzert auf der Freilichtbühne.

–25°C: Selbst japanische Autos springen nicht mehr an. Der Gütersloher weiß sich zu helfen und fährt Trecker. Der FC Gütersloh sagt alle Hallenturniere ab und beginnt im Heidewald mit dem Training für die Rückrunde.

–39°C: Quecksilber gefriert. Der Gütersloher schließt den obersten Hemdknopf – was ihm etwas peinlich ist, weil die hier stationierten Briten noch immer im T-Shirt herumlaufen.

–114 °C: Alkohol gefriert. Der Gütersloher ist nöckelig.

–273 °C: Absoluter Nullpunkt. Keine Bewegung der Elementarteilchen. Der Gütersloher gibt auf nachdrückliche Befragung zu, dass es in letzter Zeit etwas abgefrischt habe, bestellt sich als Gegenmaßnahme zwei Klare und betitelt jeden, der sich angesichts eines Blizzards in Brockhagen ein Häuschen an der Côte d'Azur wünscht, als »frisseligen Frostköttel!«

Frei vergütersloherischt nach einer bekannten Internet-Vorlage eines (mir) unbekannten Klimaforschers – dem Autor Dank und Respekt!

Lektion 88

Stert

Bedeutung: *Schwanz, Bürzel*

Anwendungsbeispiel: An der Theke wird mit Hochprozentigem experimentiert: »Mein lieber Mann, da hasse aber was zurechtgepattkert! Da wird ja 'ne tote Kuh wieder lebendich, ssobalte ihr nuar den Stert einstippst!«

In dieser Lektion unternehmen wir einen Ausflug in die Zoologie. Der Stert ist die westfälische Bezeichnung für den Schwanz z.B. von Kühen – vergleiche dazu die Stilblüte aus dem Grundschulaufsatz »Die Kuh«: »Unter der Kuh hängt die Milch. Hinten an der Kuh hat sie einen Stert, damit keine Fliegen in die Milch fallen.«

Pferde haben nur dann einen Stert, wenn sie zur arbeitenden Population gehören und z. B. einen Pflug ziehen (den der Landwirt am »Pflugstert« hält, dem Griff zum Führen des Pfluges). Residieren sie hingegen auf einem Gestüt und verdienen ihr Kraftfutter als Zuchthengst oder Springstute, ist die Bezeichnung Stert für das Langhaar am Pferdepöter verpönt. Merke: Nur Zossen haben einen Stert – Rösser haben einen Schweif.

Erstaunlich viele westfälische Sprichwörter und plattdeutsche Redewendungen beschäftigen sich mit dem Stert. Eine Auswahl: »Wenn de aine Kauh schitt, böuert de annere den Stert hauge.« = Sobald eine Kuh Fladen produziert, hält die andere den Schwanz hoch, d.h. der Mensch neigt zum besinnungslosen Herdentrieb. Oder auch: »Je mehr man de

Kadden striept, je haijer böurt se ’n Stert.« = Je mehr man die Katze streichelt, desto höher trägt sie ihren Schwanz, d.h. je mehr man einem eingebildeten Menschen schmeichelt, desto hochmütiger wird er, so dass man dann mit einem Vergleich aus der Schweinezucht von ihm sagen kann: »Der krült ssienen Stert eimol mehr.« = Der ringelt seinen Schwanz ein Mal mehr, d.h. der hält sich für etwas Besseres. Mutmaßlich ist ein solcher Schnösel auch ein Großmaul: »He häfft’t inne Schnouden oss ’n Äikern an’n Stert.« = Er hat’s im Maul wie ein Eichhörnchen am Schwanz, d.h. seine Worte sind so aufbauschend und prahlerisch wie ein Eichhörnchenschwanz buschig ist.

Um auch mal ein positives Beispiel zu bringen: »Kuorm ik iawer’n Rüen, kuorm ik auk iawer’n Stert.« = Komme ich über den Hund, komme ich auch über den Schwanz, d.h. habe ich den schwierigsten Teil einer Arbeit erledigt, wird der Rest auch kein Problem mehr sein. Und als Letztes, womit wir wieder bei der obigen Stilblüte angelangt wären: »Häfft de Kauh iarn Stert verlourn, miarkt se earss, wotou he chaut was.« = Hat die Kuh ihren Schwanz verloren, erkennt sie erst, wozu er gut war, d.h. man lernt eine Sache erst schätzen, wenn man sie nicht mehr besitzt.

In der nächsten Lektion wechseln wir von den Säugetieren zur Vogelkunde. Dann lernen wir nämlich den Kwik- bzw. Wippstert kennen.

Lektion 89

Wippstert

Bedeutung: *Bachstelze*

Mittlerweile sind wir in unserem Sprachkurs bei Begriffen angelangt, die man zugegebenerweise nicht täglich benötigt. Umso mehr Eindruck kann man schinden, wenn man sie trotzdem kennt.

Doch vor dem Eindruckschinden kommt das Pauken. Den zweiten Teil unserer Vokabel »Wippstert« sollten Sie allerdings schon aus der letzten Lektion kennen: Stert ist der norddeutsche Begriff für einen Tierschwanz. Sprachhistorisch ist er ein Abkömmling von »starr«, dem Mutterbegriff einer Wortfamilie, deren Angehörige alle ein »st-r« beinhalten und etwas mit »hart, fest, steif« zu tun haben: stark (hart sein), starren (unbeweglich blicken), störrisch (sich unnachgiebig geben), sterben (eigentlich: erstarren) und sogar der Storch gehören zur Verwandtschaft. Der Großvogel verdankt seinen Namen dem steifbeinigen, staksigen Gang, der auch bei Menschen zu beobachten ist und entsprechend kommentiert wird: »Käar, waarsse nie bei Finchen Stüwe*? Du beweechs dich ja auffer Tanzfläche wie 'n Stoarch im Salat!«

**) Josefine Stüwe, gebürtige Herzebrockerin, betrieb ab 1953 eine Tanzschule in Gütersloh und brachte mehr als ein halbes Jahrhundert lang den Gütersloher Cha-Cha-Cha, Discofox und Benimmregeln bei (»Vor dem Unterricht: Esst keine Zwiebelmettbrötchen! Nach dem Unterricht: Geht anständig und sofort nach Hause!«).*

Stichwort Vogelkunde: Die Bachstelze hat ihren Namen von der typischen Verhaltensweise, ihren Bürzel gestelzt, d. h. hoch aufgerichtet, zu tragen. Wenn sie nun schnell über den Boden trippelt, wedelt ihr Hinterteil lustig auf und ab. Deshalb haben die Naturfreunde in Westfalen der Bachstelze den Spitznamen »Wippstert« gegeben – zum Glück, denn die Alternativbezeichnung »Schwingschwanz« hätte doch etwas albern geklungen, auch wenn sie nichts anderes als die wörtliche Übersetzung unserer Vokabel ist.

So, nun wissen Sie Bescheid – jetzt müssen Sie nur noch eine Gelegenheit bekommen, Ihr Wissen anzubringen und mit der Verwendung dieses seltenen Wortes Eindruck zu schinden. Das geht natürlich am besten bei einem Spaziergang im Rhedaer Forst. Von dort aus ist es nämlich nicht weit zum Gütersloher Diskocenter. Für den Fall, dass Ihnen keine Bachstelze über den Weg läuft (wenn sie fliegt, nützt sie Ihnen ja nichts – so ganz ohne Bürzelwipperei), kehren Sie einfach in den Musiktempel ein und entrüsten sich über die Bewegungen der jugendlichen Tänzer mit den Worten: »Käar, die Blagen von heute, die ssolten ssich was schääm'! Die wackeln ja alle mittem Pöter wie sson Wippstert auf Ameisenjacht.«

Lernkontrolle III

Hefte raus, Klassenarbeit! Erneut können Sie Ihr bisher erworbenes Ostwestfälisch-Wissen unter Beweis stellen. Vier Situationen gilt es sprachlich korrekt zu meistern. Schreiben Sie die Buchstaben hinter der Ihrer Meinung nach richtigen Antwort auf einen Zettel – das so entstehende Lösungswort ist ihr Zeugnis. Los geht's:

Im Krankenhaus Versmold wurde ein Unfallopfer eingeliefert. Mit welchen Worten informiert der behandelnde Arzt die Verwandtschaft über den Gesundheitszustand des Verunglückten?

a) »Wir mussten dem Patienten einen Arm und einen Fuß amputieren; Lebensgefahr besteht aber nicht mehr.« (sieh)

b) »Getz hatter 'n abben Aam und tritt inne Kuhle, aber ansonsten issa chanz chut beinander.« (ch)

Ein Möbelverkäufer in Halle preist seine neue Gartenstuhlkollektion an. Mit welcher Formulierung hat er beim Ehepaar Schnottenkötter die besten Verkaufschancen?

a) »Diese repräsentativen Möbelstücke überzeugen durch ihre Langlebigkeit. Wir geben fünf Jahre Garantie!« (amni)

b) »Bei seuche voarstellige Möbeln is kein Vergang dran. Da können se drauf an!« (anz)

Aufregung im Rat der Stadt: Die Kreisumlage wird erhöht. Wie äußert sich ein Lokalpolitiker, der seine Wiederwahl anstrebt?

a) »Ich zeige mich überrascht und empört. Diese Entscheidung trifft uns finanziell hart.« (chge)

b) »Ich krichen Dahlschlach – da is doch das Ende von wech! So dearbe hamwas nu aunnich anne Puschen.« (be)

Im Jägerkrug Hövelriege. Mit welchem Lob animieren Sie den Wirt zu einem Gratis-Schnaps?

a) »Ihre Getreidespirituosen schmecken mir gut – davon dürfen Sie mir gerne nachschenken! Verraten Sie mir Ihre Bezugsquelle?« (übt!)

b) »Wassen lecker Koarn – tu mich man noch ein'! Wo hasse den wech?« (st!)

Lektion 91

wullacken

Bedeutung: *sprachgeschichtlich wohl eine Zusammensetzung aus »wühlen + ackern«, d. h. körperlich hart arbeiten, schuften*

Anwendungsbeispiel: »Käar, der Helmut malocht sich nomma tot. Erss wullackt er auffe Schicht, als ob er allein fürs Bruttosozialprodukt verantwortlich gemacht würde, und danaach wullackt er in seim Gaaten und buddelt inne Beete, als wenns da Erdöl zu fin'n gäbe.«

Wie gesagt, nehmen wir nun auch Vokabeln durch, die im Alltagsleben des typischen Güterslohers nicht täglich vorkommen ... Zwar wird jeder Arbeitnehmer im Kreis von sich behaupten, hart zu arbeiten. Aber nicht jeder darf sagen, er wäre »sso richtig dearbe am Wullacken«. Ein Sozialversicherungsfachangestellter wullackt nicht, und ein Wertpapierverwalter ist kein Malocher im klassischen Sinn. Auch Studienräte, Steuerberater und Buchautoren stehen nicht mit Schüppe, Schubkarre und Spitzhacke knietief im Sennesand, stapeln Findlinge und wuchten Bruchsteine zu Mauerwerk. Ihre Berufswahl büßend gehen sie nach Feierabend ins Fitnessstudio, um sich dort für viel Geld auf Laufbändern, Hantelbanken und anderen Wullack-Simulatoren ihren Körper mit Schweiß überströmen zu lassen und Schwielen an den Gliedmaßen zu holen.

In ihrem Arbeitsalltag wullacken sie dagegen nicht wirklich, obschon viele versuchen, durch erhöhten Arbeitseinsatz die Karriereleiter hochzuklettern. Das klingt nach aktiver körperlicher Betätigung. Aber Flötepiepen. Meist sind gerade bei Menschen in höheren Positionen Bewegungen nur noch auf dem Bankkonto zu beobachten, das damit so fett wird wie die Herzkranzgefäße des Besitzers.

Bedeutet dies im Umkehrschluss, dass reine »Wullacker« erfolglos bleiben und stets das Nachsehen haben gegenüber Menschen mit zum Beispiel organisierenden oder rhetorischen Fähigkeiten? Mitnichten, wie ein Blick in die Gütersloher Arbeitswelt von 1908 zeigt. Damals hatten die Stadtverordneten gerade die Anlage des Stadtparks beschlossen und mit dieser arbeitsreichen Aufgabe den Gartenarchitekten Schödder beauftragt. Schödder suchte also nun einen gestandenen Gärtner, der seine Pläne umzusetzen vermochte. Zwei Kandidaten kamen in die engere Wahl, die er zu einem gemeinsamen Vorstellungsgespräch einlud: Hermann Feldkord und Paul Milse.

Milse sprach lange und überzeugend, erläuterte seine Referenzen, pries in bildreicher Sprache die Qualität seiner Arbeiten und untermauerte mit blumigen Worten seine Kompetenz in Sachen Landschaftsbau. Als Feldkord endlich drankam, sagte der nur kurz: »So gut wie der Milse reden kann, so tüchtich werd ich wullacken.«

Feldkord bekam den Job.

Lektion 92

schrappen

Bedeutung: ***1.*** *kratzen, schaben,* **2.** *Geld raffen*

Im Stadtmuseum Gütersloh ist eine im übertragenen wie im wahrsten Sinne des Wortes ausgezeichnete Ausstellung zur Medizingeschichte zu sehen. Was das mit der Vokabel »schrappen« zu tun hat? Nun, zum einen erkennt man einen guten Museumsleiter daran, dass er immer »Geld am schrappen is'« – eine Tätigkeit, die ihm privat als Untugend angekreidet würde, die aber im beruflichen Alltag eines Kulturbetriebs heutzutage eine notwendige Begabung darstellt.

Zum anderen hat das Schrappen medizinische Wurzeln. Das Ursprungswort »schreffen« bezeichnete im Mittelalter ein Allheilverfahren der Ärzteschaft gegen leichtere Beschwerden, nämlich das Ritzen der Haut zu kleinerem Blutentzug – im Gegensatz zum kräftigen Aderlass, der bei ernsthaften Erkrankungen angewendet wurde und mit dem man erfolgreich verhinderte, dass der Patient an seiner Krankheit starb (nämlich indem man sicherstellte, dass er zuvor an Blutverlust starb …).

Aus dem Schreffen entwickelte sich sprachlich das »Schröpfen«, das ursprünglich ebenfalls die systematische Blutentnahme bezeichnete. Erst mit der Erfindung des Finanzamtes wandelte sich die Bedeutung dieses Wortes vom »Blutsaugen« zum »Geld abnehmen« …

Die westfälische Sonderform »Schrappen« beinhaltet nun zum einen die Ausgangsbedeutung des Ritzens und Kratzens, wie zum Beispiel bei den Ausrufen: »Ker, sonn Äarga aba auch, ich bin mit meim Auto annem Pömpel langgeschrappt!« oder auch »Uchutuchut, is schon bald halb zwölwe duarch, und ich komm' nich inne Pötte mit mei'm Gemüseeintopf. Hilfsse mir Möarn schrappen?«

Zum anderen drückt das Wort die unschöne Eigenschaft des zwanghaften Geldhortens und Nichtwiederrausrückenwollens aus: »Was is der aule Nölenkamp doch füarn kniepigen Schrapphals.« – »Jau, das sach man. Nen ganz fuchsigen Schrappkopp is das!« Rietberger, Harsewinkeler und Wiedenbrücker Kinder (und alle anderen auch) kann man außerdem dabei beobachten, wie sie eifrig »Bömsken schrappen«, d.h. an Karneval die Zahnkiller von der Straße lesen. Was wertvoll ist und des Hortens würdig, wird eben altersbedingt unterschiedlich beurteilt.

Lektion 93

schrebbeln

Bedeutung: *das Erzeugen eines für andere nur schwer zu ertragenen Krächztons*

Wenn im Kreis Gütersloh die Klessmanns, Piepenbrocks oder Meiertoberens ein Familienfest veranstalten, dann ist die heimische Deele butz proppenvoll, derart viele Sippenangehörige finden sich da ein. Die unterschiedlichsten Persönlichkeiten kommen zusammen, alle haben ihren Weg gemacht, einige sind ausgezogen in fremde Länder (z. B. ins Lipperland – oder gar nach Bayern), andere stammen von dort und haben in die Familie eingeheiratet (und leben nun notgedrungen in Marienfeld statt am Marienplatz …).

Ganz ähnlich ist es bei der Wortsippe, die auf den gemeinsamen Urahnen »schreffen« zurückgeht. In der letzten Lektion erläuterten wir, wie aus dem Wort, mit dem man das Ritzen und Kratzen der Haut zur Blutentnahme beschrieb, die Wörter »Schröpfen« und »Schrappen« entstanden.

Die Kratz-Begriffe haben noch viel mehr Verwandte. Einer, der im fernen Berlin Karriere machte, ist die Schrippe – ein Gebäck, dessen Kruste man längsseits aufkratzt (also ein Brötchen). Ein anderer ist bundesweit aktiv: der Schrubber, mit dem man Schmutz vom Boden kratzt. Und auch das Schraffieren gehört zur Mischpoke, bedeutet es doch nichts anderes, als viele dünne parallele Linien in einen Untergrund zu ritzen.

Doch es gibt auch heimatverbundene Familienangehörige, die es nicht bis in den Duden geschafft haben, uns in Ostwestfalen aber umso öfter begegnen: Wer ein Kratzen im Hals hat und mit heiserer und sich überschlagender Stimme spricht, der mag anderswo ein Krächzer sein, im Kreis Gütersloh ist er ein Schrebbel. Ein solcher klingt ähnlich schrebbelich wie ein Gitarrist, der bei völligem Melodieverzicht auf seinem Instrument rumschrubbt, als sei es ein Waschbrett. Der Möchtegernmusiker mag es selber herrlich finden, wenn sein Sound so »richtich dearbe schrebbelt«. Doch ist sein Lied eine akustische Zumutung, die außer ihm nun wirklich niemand hören will – mit Ausnahme von höchstens zehn Millionen Teenagern, die sofort die CD-Läden stürmen, um diese (nach Meinung der Eltern) »füachtaliche Schrebbelmusik« zu kaufen.

Immerhin kann man die CD-Boxen im Winter zum Freikratzen vereister Scheiben zweckentfremden. Ob sich dazu eine Hardrock-CD von AC/DC besser eignet als eine Scheibe samtweichen Schmusepops von Julio Iglesias, ist nicht bewiesen. Es passt aber einfach besser, wenn man mit dem Geschrebbel schrappt – sprachlich gesehen bleibt es so jedenfalls in der Familie.

Lektion 94

Knüpp

Bedeutung: *Knoten*

Anwendungsbeispiel: »Käar, is das friemelich – ich habben Knüpp im Schuhband! Da bin ich getz schon ne Vieatelstunde ohne Resulutat dran am rumknibbeln.«

Den alten Germanen verdanken wir eine ganze Menge. Durch ihren Sieg über die Römer in der Varus-Schlacht verhinderten sie, dass Latein zur Verkehrssprache in Mitteleuropa wurde (wenn an Schulen wie dem Nepomucenum Rietberg heute trotzdem noch Latein gelehrt wird, ist das mit der geringen Cherusker-Quote in der Kultusministerkonferenz zu erklären).

Zugegeben, mit ihrem Sieg verhinderten sie ebenso den Bau von Aquädukten, Badehäusern, Schulen, Bibliotheken und Theatern und sorgten dafür, dass die Menschen in Mitteleuropa weiterhin fellbehangen und Keulen schwingend einer Wildschweinrotte hinterherjagen mussten, anstatt zum Abendessen in eine lauschige Taverne einkehren zu können.

Dass uns die Germanen keine Kultureinrichtungen hinterließen, hat immerhin den Vorteil, dass sich die Gütersloher so schon frühzeitig an ein Leben ohne Theater gewöhnen konnten. Und genauer betrachtet ist die angebliche Kulturlosigkeit unserer Vorfahren sogar nur ein böses Gerücht. Denn Arminius und Co. schenkten uns viele unermesslich wohlklingende Wörter, auf die ebenso viele Begriffe unserer heutigen Sprache zurückgehen. Eine besonders schöne Wortsippe ist die umfangreiche Gruppe germanischer Wörter, die mit »kn« anfangen. Ihnen ist gemein, dass sie etwas mit »zusammendrücken, pressen, klemmen, ballen« zu tun haben: Knödel, Knospe, Knorpel, Knauf und Knopf haben dieselbe sprachgeschichtliche Wurzel wie knüllen, knautschen, kneten, knutschen und knuddeln. Und da wir langsam zum Thema dieser Lektion kommen müssen, auch der Knoten. Und weil man mit einem Knoten zwei Seilenden ver*knüp*fen kann, heißt der Knoten in Westfalen Knüpp. So einfach kann Linguistik sein.

Ein Anwendungsbeispiel für den Alltag führt uns – wie auffallend häufig – an eine Kneipentheke. In der Rietberger Ratsschänke wird der alte Kaupenbrock gefragt, warum er sich einen Knoten ins Taschentuch gemacht habe. »Der soll mich daran erinnern, dass ich ab getz keine Kuarzen mehr trinken daaf – hat mir nämmich der Doktoar veaboten«, ist seine Antwort, die allgemeine Verwunderung auslöst. »Du und keine Kuarzen mehr? Du hass dir aber doch chrade eben noch einen Steinhäger und einen Schroeder'schen chenehmicht!« Worauf Kaupenbrock, durchaus schuldbewusst, sein Verhalten erklärt: »Jau, ihr habt ja Recht. Aber ich bin das nich in Schuld! Ich seh den Knüpp ja immer earst, wenn ich mir nachem Trinken den Mund afwischen will!«

Lektion 95

Mäse

Bedeutung: *unfeiner Ausdruck für Gesäß*

Anwendungsbeispiel: »Wecker dat lövt un ssien Bedde vearköfft, liecht medder blanken Mäse in' Strauh!« (Wer das glaubt und sein Bett verkauft, liegt mit dem nackten Hintern im Stroh.)

Die Vokabel der heutigen Lektion ist in der hochdeutschen Übersetzung recht derb. Umso schöner, dass es den mundartlichen Ausdruck gibt. Stellen wir uns zur Veranschaulichung vor, während eines Sektempfangs fällt dem Kellner ein Glas zu Boden. Inhaltlich richtig, aber mit gängigen Benimmregeln unvereinbar wäre nun beim Anblick der Scherben Ihre Feststellung, das Glas sei »offensichtlich im Arsch« (Sie entschuldigen den Ausdruck, er dient hier dem höheren Ziel der Weiterbildung). Formulieren Sie denselben Sachverhalt auf Ostwestfälisch – nämlich mit den Worten: »Dat Chlass issa nu' wo' inne Mäse« –, so ist Ihnen kein gesellschaftlicher Fauxpas vorzuwerfen. Die ortsansässigen Gäste freuen sich über die Verwendung einer heimischen Redewendung, und alle anderen haben ja nicht verstanden, was Sie da gerade gesagt haben.

Zu der Vokabel gibt es eine unglaubliche Geschichte, für die sich aber ein Bekannter der Beteiligten verbürgt. Sie passierte in den 1920er Jahren in Bielefeld, das wir im Sinne unseres Gütersloh-Sprachkurses heute einfach mal als Vorort der Dalkemetropole betrachten. Unterhalb der Sparrenburg stand damals das Lokal Berglust, wo eines

Winterabends eine Hochzeit gefeiert worden war. Die dafür engagierten Musiker – ein Klavierspieler, ein Geiger und ein Bassist – hatten fröhlich aufgespielt und dabei natürlich auch »dearbe ein'n gepichelt«. Erst in den frühen Morgenstunden machten sie sich auf den Heimweg.

Der Klavierspieler war dabei fein raus, gehörte doch sein Instrument zum Inventar des Lokals. Doch Geiger und Bassist mussten ihr Instrument nach Hause tragen. Gar nicht so einfach, wenn draußen alles gefroren und man selbst dudeldicke ist. So kamen sie auch nicht weit. Direkt auf der abschüssigen und spiegelglatten Spiegelstraße rutschte der Bassist, der sein Instrument auf dem Rücken trug, der Länge nach aus und saß auf seinem gebrochenen Bass. Seine beiden Kumpel beömmelten sich: »Nu' ist der Bass inne Mäse!« Woraufhin der Bassist richtigstellte: »Nää, de Mäse iss innen Bass!«

Vor der nächsten Lektion waschen Sie sich bitte den Mund mit Seife aus.

Lektion 96

kein Vergang dran

Bedeutung: *das ist langlebig, beständig, unverwüstlich*

Anwendungsbeispiel: »Letzten Donnastach habbich mir 'n neues Hemd gekauft, und getz issa schon 'n Knopf von ab.« – »Beim Hemdekauf daafse aunich auffen Cent kucken, du Kniepekopp. Meins habbich vor ewich und drei Tage gekauft; das war zwar 'n bissken teurer, aber dafür issa auch kein Veargang dran!«

»Der Preis wird vergessen, die Qualität bleibt« lautet eine Erkenntnis von Markenherstellern. So findet man bei Miele-Produkten oft eine Ziffer mehr auf dem Preisschild, aber dafür auch folgende Passage im Werbeprospekt: »Hochwertige Materialien und Komponenten im Zusammenspiel mit bestverfügbaren Technologien auf höchstem Produktionsniveau bilden die Garanten für eine langlebige Gerätequalität.« Was der (offensichtlich auswärtige) Werbetexter damit auf gut Gütersloherisch sagen will: Bei einer Miele ist kein Vergang dran. Es ist Qualitätsware, die Jahre, Jahrzehnte oder sogar so lange hält, bis sie ganz bezahlt ist.

Doch die Langlebigkeit eines Produktes ist nicht in allen Branchen ein erstrebenswertes Ziel der Hersteller. Die Textilindustrie beispielsweise sah sich gezwungen, angesichts der zunehmenden Haltbarkeit der Stoffe eine effektive Gegenmaßnahme zu entwickeln: die Mode. Sie sorgt dafür, dass für viele Menschen die Strapazierfähigkeit eines Kleidungsstücks völlig uninteressant ist. Mode muss nicht robust sein. Mode muss nicht einmal schön sein. Es reicht, wenn sie neu ist.

Weil die Textilketten ihre Kollektionen mittlerweile noch öfter wechseln als der FC Gütersloh seine Trainer, erhöhen vor allem Frauen ihre Kauffrequenz und tragen nur im Notfall etwas, das sie bereits besitzen. Kaum ein Kleid kann so noch seine Solidität unter Beweis stellen. Die traditionsbewussteren Männer hingegen sehen in ihren Klamotten oft treue Begleiter, denen man unabhängig vom Zeitgeschmack Loyalität schuldet. Die Frage seiner Gattin, ob er die seinerzeit bei der Opitz-Eröffnung erstandene und seitdem nahezu täglich getragene Manchesterhose nicht doch bei Gelegenheit aussortieren wolle, beantwortet der echte Gütersloher entsprechend mit: »Awatt! Was sonne oarntliche Koartbuxe is, da is kein Vachang dran«.

Lektion 97

Speckdeckel

Bedeutung: *verösselte Mütze*

Anwendungsbeispiel: »Kär, Heinz, unter Freunden gesacht, du muss dir ma'n neuen Hut kaufen. Den de getz immer trächs is doch schon ganz flättich.« – »Mach ja sein, aber das gute Stück hat seine Vorteile. Meine Frau sacht nämmich immer: ›Heinz, solang du diesen Speckdeckel aufsetzt, geh ich nich mit dir aussem Haus!‹«

Die Kleidung eines unsympathischen Mitmenschen eignet sich hervorragend für ehrverletzende Äußerungen. Das gilt für Männer (»Dein Schneider hat wiaklich Humoar!« oder »Mit ihra Krawatte wüad ich mir nachem Unfall nich ma das appe Bein abbindn!«) wie für Frauen (»Schickes Kleid hamse an. Man schade, dass es das nich in ihrer Größe gab.« oder »Was praktisch! Bei den Klodden, die das dröge Puselchen so trächt, kannse sich die Pille spaan.«).

Auch »Speckdeckel« ist nicht gerade ein freundliches Wort. Der »Speck« deutet unverblümt an, dass man die Kopfbedeckung seines Gegenübers für abgewetzt, siffig und verdreckt hält. Eine etwas subtilere Beleidigung ist der Wortbestandteil »-deckel«, der zunächst in der Tarnung eines neutralen Dingworts daherkommt. Doch da man einen Deckel zum Bedecken offener Behältnisse verwendet, unterstellt er dem Mützenträger quasi, einen Hohlkopf zu haben bzw. einer zu sein.

Dabei wird der Speckdeckel fast ausnahmslos auf Herrenhüte bezogen. Damenhüte neigen einfach sowohl vom Material als auch vom Design her weniger dazu, speckig zu werden. Man müsste bei einem Florentinerhut schon die Blumengarnitur durch eine Wurstplatte ersetzen, damit man ihn halbwegs als Speckdeckel bezeichnen kann. Ein Barett dagegen – eine typisch männliche Huttracht, die schon rein modisch wie eine Mischung aus Topflappen und Wurststulle daherkommt – oder auch eine Baskenmütze sehen nach längerem Tragen automatisch so aus, als hätte man sie in zerlassener Butter gebadet.

Wer aber meint, mit dem Begriff Speckdeckel ließen sich nur ältere Mitbürger ärgern, weil nur diese noch klassische Hüte tragen, der irrt. Teens und Twens haben ebenso oft Speckdeckel auf – was glauben Sie, wieviel Talg sich aus einem durchschnittlichen Basecap, einer Rasta-Mütze oder einem Biker-Kopftuch wringen lässt …

Lektion 98

rären

Bedeutung: *nadeln*

Anwendungsbeispiel: »Käar, Bäarnhard, was hasse dir beim Weihnachtsbaum-Vearkauf wieder füan Kroppzeuch andrehn lassen?! Wir ham noch nichma Nikolaustach, und unsa Krissbaum <u>räart</u> getz schon. Bis Heilichahmd hat selbs' unser Plattenspieler mehr Nadeln als dies' össelige Gestrüpp!«

Einige Vokabeln unseres Sprachkurses können Sie regelmäßig anwenden: Pölter, wech, rammdösig, Meckerpott – das sind Wörter, die man im Alltag nahezu täglich braucht. In dieser Lektion hingegen lernen wir einen Begriff, den man nur ein einziges Mal im Jahr verwendet (so man nicht Baumschulen-Betreiber ist): »Rären« beschreibt den schleichenden Vorgang, bei dem der Weihnachtsbaum sein Nadelkleid ablegt.

Anders als beim vornehm klingenden »nadeln« (»Clothilde, unser Christbaum nadelt«) klingt bei »rären« die Unterstellung durch, die tückische Tanne würde ihre Nadeln vorsätzlich zu Boden rieseln lassen (»Ich werd wahne, sso ein Schweinepuckel von Baum! Der räart alles voll!«). Es muss also nicht zwingend an nachlassender Saugkraft Ihres Staubsaugers liegen, wenn der Teppichboden trotz intensiver Pflegebemühungen von Nadeln übersät bleibt. Vielleicht haben Sie sich nur ein besonders perfides Gehölz ins Haus geholt, das Ihre frisch gesaugte Auslegeware mutwillig minütlich mit neuen Nadeln spickt.

Die typische Tanne, die wir uns im Kreis Gütersloh als Lichterbaum in den Sockel stellen, stammt übrigens nicht aus dem Teutoburger Wald, sondern aus Dänemark. Unsere nordischen Nachbarn pflanzen und ernten nämlich jedes Jahr zehn Millionen Weihnachtsbäume. Doch damit nicht genug: Im Botanik-Institut von Kopenhagen werden mit Hilfe der Gentechnik Klon-Tannen entwickelt! Deren Zweige sollen symmetrisch wachsen, sich nicht unter dem Gewicht von Christbaumkugeln biegen; vor allem aber möchte man verhindern, dass sie – na, was wohl? Richtig: rären.

Schwer vorstellbar, dass sich solche Klon-Tannen im Kreis Gütersloh durchsetzen. Eher wird sich das Rären, heute noch als Ärgernis empfunden, angesichts der Gentechnik zu einem wertgeschätzten Zeichen für die Naturbelassenheit eines Baumes entwickeln, ganz nach dem Motto: »Wenna nich' räart, issa nix wert«. Denn der Ostwestfale ist traditionsbewusst; wenn der sich erst einmal ans Rären gewöhnt hat … der würde, falls so eine Klon-Tanne ihre Nadeln nicht freiwillig abwerfen wollte, glatt durch gezieltes »Röseln« nachhelfen.

Lektion 99

Schnotten

Bedeutung: *Nasensekret*

Anwendungsbeispiel: Scherzfrage unter Kindergärtnerinnen: »Was ist der Unterschied zwischen Schnotten und Broccoli? Ganz einfach: Es gibt keine Blagen, die gerne Broccoli essen ...!«

Am Karneval scheiden sich hierzulande die Geister. Faschingsverweigerer sehen die fünfte Jahreszeit als Epidemie, die Betroffene am Morgen müde, am Abend tatendurstig und nach dem Aschermittwoch arbeitsunfähig macht. Etwas Wahres ist dran; viele Narren sind nach den tollen Tagen erkältet. Was kein Wunder ist, wenn man Anfang Februar als Tarzan verkleidet mit freiem Oberkörper durch Harsewinkel tapert.

Jedenfalls herrscht an Rosenmontag in so manchem Büro dicke Luft. Karnevalskritische Angestellte haben die Nase voll, weil sie die Vertretung für die faschingsbedingt fehlenden Kollegen übernehmen müssen, und reagieren verschnupft, wenn diese sie dann auch noch als langweilige und humorresistente Schnösel bezeichnen. Die Narren wiederum sind verschnupft, weil sie – von so manchem Klaren innerlich gewärmt und von dem strahlenden Sonnenschein perfide getäuscht – die winterliche Kälte beim Umzug unterschätzt haben und nun mit einem akuten Nasenkatarrh weiterfeiern müssen. Auch sie haben die Nase voll – nämlich mit Schnotten.

Die so Gepeinigten schniefen und schnaufen, schneuzen und schnupfen, schnarchen und schnauben. Ans Schnuppern und Schnüffeln oder ans Schnötern (Gütersloherisch für »herumschnüffeln«) ist wegen des Schnodders zwar nicht zu denken. Doch gehören auch diese Begriffe sprachhistorisch zu der großen Gruppe der mit »schn-« beginnenden Wörter, die mit der Nase hervorgebrachte Laute beschreiben.

Selbst der oben erwähnte arrogante Schnösel hat in dieser Wortsippe seinen Ursprung, bezeichnet man doch damit eine »Rotznase«, einen unreifen Menschen, der sich mit schnodderigen Ausdrücken wichtig tut, obwohl sich sein Nasenschleim einen Weg zu seiner vorlauten Schnute bahnt. Der echte Gütersloher würde eine solch naseweise Person angesichts dieses unappetitlichen Anblicks einen »Schnottenpatt« schelten.

Ein Trost sowohl für alle Karnevalisten als auch für alle Karnevalsmuffel: Weder die Session noch ein Schnupfen dauern ewig. Schon nach kurzer Zeit geben die Narren die Straßen von Rietberg und Wiedenbrück ebenso wieder frei wie der Schnotten die Atemwege. Na denn: Maschi Mau, Gütsel helau!

Lektion 100

Gubiläum

Es ist schade, dass die Gütersloher Eigenart, in einigen Wörtern anstelle eines »J« ein »G« auszusprechen, auch von Einheimischen vernachlässigt wird. Wir wollen mit der 100. Lektion auf diesen Missstand hinweisen und werdende Eltern ermuntern, ihren Kindern wieder typische Gütersloher Namen zu geben, wie z.B. Gürjen oder Görch.

Außerdem wollen wir anlässlich dieses Gubiläums herausfinden, was Sie in den bisherigen Lektionen gelernt haben – mit einem abschließenden Vokabeltest. Wer immer fleißig gebüffelt hat, der sollte auch diese letzten Seiten mit Bravour meistern.

Lesen Sie nun also bitte die folgenden acht Umschreibungen gut durch und überlegen Sie, welche Vokabeln aus unserem Güterslohherisch-Kurs damit gemeint sein könnten. Von jeder Vokabel notieren Sie bitte die in Klammern genannten Buchstaben, hintereinander gelesen ergeben diese dann die Lösung.

1. Mit weiblichem Artikel könnten es auch schwere Niederlagen sein, mit männlichem Artikel ist es ein leichter Hausschuh. (2. Buchstabe)

2. Marten, Mestemacher, Reinert und auch Storck haben einiges dagegen. (3. oder 7. Buchstabe)

3. Was im Hochdeutschen nach einer Steckdose klingt, ist in Gütsel ein Beinkleid (2. Buchstabe)

4. Wenn der Hund im Winter sein Geschäft erledigt, liegt *das* auf der Straße. (9. Buchstabe)

5. Nicht etwa ein Haufen unsortierter Strümpfe, sondern Gesindel der übelsten Sorte. (5. Buchstabe)

6. Mit Rudern kann man rudern, auf Liegen liegen, in Fallen fallen und neben Mauern mauern. Und in spezieller Feierabend-Fußbekleidung kann man sich ebenso langsam wie geräuschvoll fortbewegen. (3. Buchstabe)

7. Sprudel, der nicht mehr sprudelt – oder Kaffee, der eine bohnenlose Frechheit ist. (6. Buchstabe – je nach Region auch der 3. Buchstabe ohne Pünktchen)

8. Jemand, der Hunde Tölen nennt, sagt zu Kindern *das*. (6. Buchstabe)

Jetzt noch ein Ausrufezeichen dranhängen, und dann haben Sie unseren Sprachkursus erfolgreich bestanden. Voller Stolz und Zufriedenheit können Sie nun zu sich selber sagen: »Ich binner mit duarch und habbes endlich untere Füße wech.«

Lösung zu Lektion 70

Die Ken-Methode

1. Aus dem Pott wird das Pöttken, also **P**.
2. Aus dem Patt wird das Pättken, also **Ä**.
3. Püfferken sind eine ostwestfälische Delikatesse, ein Püffken ist ein kleines Lagerfeuer. In jedem Fall **U**.
4. »Meine Oma fährt im Hühnerstall Motorrad, meine Oma ist 'ne ganz patente Frau!«, heißt es in dem Gassenhauer, ebenso wie: »Wir versaufen unser Omma ihr klein Häusken, und die erste und die zweite Hypothek!« Gesucht war das **S**.
5. **KEN** hätten Sie kennen können.

So, getz hamse genuch **Päusken** gehabt – weiter geht's mit Vokabel-Pauken!

Auswertung zu den Lernkontrollen in Lektion 61 und Lektion 81

-5 bis 0 Punkte: Uchuttuchuttuchutt! Diesen Test haben Sie voll verkimmelt. Selbst Leuchtturmwärter und Almsenner sprechen besseres Ostwestfälisch als Sie. Für Sie heißt es: »ühm, ühm, ühm«!

5 bis 29 Punkte: Glückwunsch! Sie können sich als Neubürger im Kreis Gütersloh verständlich machen. Wenn Sie jetzt noch in einen Schützenverein eintreten, ist Ihre Integration in die Gütersloher Bevölkerung abgeschlossen.

30 Punkte: Bei Ihrem Ostwestfälisch wird selbst Bauer Sunderkötter neidisch. Getz ma äarlich, Sie sind ganich zugereist, Sie komm' doch hiear wech, oder?

Lösung zu Lektion 100 – Gubiläum

1. *Schlappen*
2. *Sc**h**macht*
3. *B**u**xe*
4. *Frostköt**t**el*
5. *Geso**c**ks*
6. *Sc**h**luffen*
7. *Plörr**e***
8. *Blage**n*** – macht zusammen: Chutchen/Chutchon!

Vokabelverzeichnis

Wörterbuch
Gütersloherisch – Hochdeutsch

Gütersloherisch	Hochdeutsch	Lektion
abber Arm	amputierter Arm	90, 97
allerbest	optimal, große Klasse, ganz famos	49, 53
alle sein	verbraucht sein	48, 49
anbölken	anblaffen, sich in Ton und Lautstärke vergreifen	84, 85
angeschickert	beschwipst, alkoholbedingt fröhlich	59
Ärgerpohl	Nervensäge	30, 38
aul	alt	16, 17, 18, 52, 66
ausbaldowern	über irgendwelche dunklen Kanäle in Erfahrung bringen, einen Plan aushecken	69
auskriegen, Kartoffeln	der kargen Scholle mühsam die Erdfrüchte abringen, d.h. Kartoffeln ernten	70
Awatt!	»Ach was!« im Sinne von »So ein Unsinn!«	46, 96
Awelhans	von »übler Hans(wurst) « = Kasper, Nichtsnutz, Dummkopf	38, 44
ballern	1. zechen, 2. schießen (z.B. auf dem Bolzplatz), 3. knallen (z.B. mit Zisselmännken)	44, 59, 83
Ballon	blutdurchströmter und deshalb knallroter Kopf	49
Bauern, inne	weit raus, auf dem Land	13, 49
bedötscht	benommen, angeschlagen, duselig	45
Bengel	Frechdachs, Lausejunge, Lümmel	20
beömmeln, sich	sich amüsieren, erheitert sein	55, **56**, 69, 95
bestusst	grenzdebil	83
Blag	nervender Nachwuchs	20, 33, 57, 71, 73, 79, 81, 89, 99, 100
Bollen	(Ober-)Schenkel	27, 28
Bollerbuxe	zu weit geschnittene Hose	27
bollerich	1. unförmig, zu weit geschnitten, 2. schroff, ungehobelt	2, 27
Bollerwagen	Handwagen	28, 53
Bölkhannes	Schreihals, auch: jähzorniger Mensch	59
böltern	sich ein oder zwei oder auch zwölf Glas genehmigen	59
Bolzplatz	Fußballplatz	33
Bömsken	Bonbon	51, 70, 79, 92
Botten	Kinder	**80**
Brass	Ärger, Stress	20, 44, **85**
Brassel	1. siehe Brass, 2. Plunder, Kram	81, 85, **86**
Bratskartoffeln	die eigentlich korrekte Bezeichnung für Bratkartoffeln	7, 86

Ömmes	großer Gegenstand, kräftige Person	25, 58
össelig	heruntergekommen, verschmutzt	37, 98
Össelkopp	jemand Ungepflegtes, jemand, der keine Ordnung halten kann	37, 38
Patt	schmaler Weg	18, 23, 70
Patt, auf'n ~ machen	losgehen, aufbrechen	61
Pättken	noch schmalerer Weg	18, 70
Pättkenschnöwer	altes Motorrad oder Moped	18, 70
peesen	rasen, sausen, spurten	70, 83
picheln	in schneller Frequenz Gläser mit alkoholischem Inhalt leern	44, 45, 59, 66, 95
Pillepoppen	Kaulquappen	30, 39
Pingeljagd	Klingelstreich (»läuten und laufen«)	20
Pinöckel	kleines Dingens	9, 10
Pinörkel	anderes Wort für Pinöckel	10
Pium	Borgholzhausen	35, 58
pladdern	regnen (Wolkenbruch)	11
pläddern	regnen (Sturzregen)	11
plaistern	regnen (Regenguss)	11
plästern	regnen (Dauerregen)	11, 33
Pläte	Nacktkultur auf höchster Ebene und zugleich das beste Mittel gegen Haarausfall: die Glatze	25, 58
Plempe	abwertend beurteilte Flüssigkeit	6
Plörre	zu dünnes Getränk	6, 65, 100
plümerant	schwindelig, missbehaglich	45
Plünten	Klamotten	33
Plür	reklamierbarer Trank	6
pölen	einen Ball schießen, Fußball spielen	33
Pölter	Schlafanzug	3, 7, 12, 82, 87, 98
Pömpel	Pfosten, Pfahl, Pfeiler	8, 10.2, 67, 92
Pöter	Hintern	12, 27, 35, 81, 88, 89
Pott	Topf	**62**, 70
Potte, zu ~ kommen	voran kommen, etwas unter Zeitdruck zu Ende bringen	61
prokeln	stochern (mehr oder weniger)	9, 10
Proppen	Korken, Stöpsel	1
proppe(n)voll	sehr voll bis überfüllt	1, 93

Schluffen	Puschen, auch: Pantoffelheld	3, 4, 31, 49, 81, 100
schluffkern	langsam, aber geräuschvoll gehen	23
schlunzig	schluderig, ungepflegt	59, 68
Schlür, auf	vergnügungssuchend unterwegs sein	5
schlüren	schlendern	5
Schlürschluck	Abschiedstrunk	5, 59
Schmacht	Hunger	43, 49, 100
Schmachtlappen	hageres wie mageres Persönchen	43, 58, 59
Schmecklecker	Feinschmecker, auch: Lebemann	43, 47
Schmüllecken	»Rettungsring« um den Bauch, Fettröllchen	58, 68, 70
schnieke	fein, elegant	2
schnötern	durchschnüffeln	99
Schnotten	Nasenschleim	**99**
Schnottenpatt	eigentlich: unappetitliche Schleimspur zwischen Nasenloch und Oberlippe; übertragen: rotzfrecher Bengel	99
schrappen	1. kratzen, schaben, 2. Geld raffen	**92**, 93
Schrapphals	Geizkragen	92
schrebbeln	mit der Stimme oder Instrumenten krächzend-gellende Misstöne erzeugen	**93**
schucken	(be-)zahlen	54
Schuld, etwas in ~ sein	an etwas Schuld sein	43, 58, 81, 94
Schweinepuckel	eigentlich: unsauberer, d.h. unhygienischer Mensch, übertragen: sich unsauber verhaltener, d.h. hinterlistiger Mensch	81
Schweißmauken	Schweißfüße	4
schwummerig	schwindelig, benebelt, duselig	45
Senge	Prügel	44
seuche	solche	26, 90
siffig	verdreckt, fleckig, schmierig	37, 97
sobutz	sofort, auf der Stelle, schnell	55, 60, 70, 74
sommertach	im Sommer	40
sonne	so eine	23, 58, 60, 67, 71, 96
Speckdeckel	verösselte Mütze	**97**
spierig	siehe spillerig	**58**, 70
spillerig	siehe spisselig	**58**, 83
Spinnewippken	von ständigem Schlickersachenverbot gezeichnetes Kind	58

Jede Menge Zeichenkram

Wer entwickelt, konzeptioniert, entwirft, kreiert, skizziert, scribbelt, zeichnet, karrikiert, malt, konterfeit, paust, layoutet, setzt und gestaltet Bücher, Magazine, Werbemittel, Zeichnungen, Bilder, Graphiken, Cartoons und Comic-Strips zeitnah, günstig und genau?
Los, testet mich – denn wie schon mein alter Kunstlehrer immer wieder mahnend sagte:

Besser von Pelle gemalt, als vom Leben gezeichnet!

pelle

DTP-Layout · Cartoons · Konzepte
Luisenstraße 40 · 33332 Gütersloh

VOX Rindvieh

Der Gütersloh-Megastore!

Gütersloh-Bücher, -Stadtführer, -Stadtführungen und mehr jetzt auf www.gueterslohrisch.de!

Literaturtipp

Dem geneigten Leser ergebenst zur Lektüre anempfohlen:

Der Bewohner des Kreises Gütersloh gilt als wortkarg, redescheu und mundfaul. Umso wichtiger ist, dass man ihn versteht, wenn er zur Abwechslung doch mal etwas sagt.

Band 1 des Sprachführers
Pölter, Plörre und Pinöckel
ISBN 3-00-014249-5

Gütersloh ist die schönste Stadt der Welt. Wer das Gegenteil behauptet, lügt oder war schon mal woanders.

Ausgerechnet Gütersloh!
ISBN 3-00-011893-4

Beim Buchhändler Ihres Vertrauens oder unter
www.guetersloherisch.de